十年初恋

小川いら

幻冬舎ルチル文庫

CONTENTS　✦目次✦

✦十年初恋

✦イラスト・サマミヤアカザ

✦カバーデザイン＝吉野知栄（CoCo.Design）

✦ブックデザイン＝まるか工房

十年初恋

◆◆

初恋は厄介《やっかい》なものだ。

『見下す程度の男に興味はないわ。欲しいのはわたしを服従させることができる人』

ツルゲーネフの名作「初恋」のヒロインは、彼女に恋する主人公の気持ちを知りながらぬけぬけとそんなことを言っていた。鼻持ちならない女だと思った。こんな女に入れあげる主人公の気持ちなど、まったくもって理解しがたい。それが当時の名作への正直な感想だった。

でも、あの頃の自分は子どもだったのだと、二十代も後半に差しかかってみればわかる。

ただ、恋した相手が同性だったらどうなんだろう。

『気持ちは嬉しいけど、僕には好きな人がいるんです』

そんなふうに言って、彼に恋する上級生を優しく、けれどきっぱりと拒絶した彼の姿は今でも昨日のことのように思い出す。幸いにも、彼に告白したのも悲しい返事をもらったのも自分ではなかった。ただ、偶然それを立ち聞きしてしまい、断られた上級生と同じくらいショックを受けていたのを覚えている。

(そっか。好きな人がいるんだ。そうだよな。でも、それって誰だろう？　学校の奴か？

よその学校の女の子か？）

疑問が脳裏を過《よ》ぎると同時に、いつもの柔和な印象とは違う凛々《りり》しい姿を見て、当然のことながら彼もやっぱり男なのだとあらためて認識した。

そして、唐突に耳元で鳴り響くピーピーという電子音。その途端、夢の中の自分はまるで首根っこをつかまれるようにして現実に引き戻される。

枕の横に置いている携帯電話のアラームを、慣れた手つきで目を閉じたまま止める。時刻は見なくてもわかっている。設定した六時だ。毎朝、必ずこの時間に起きるように自分の体内時計を調整してある。だからこそ、夕べは接待で少し酒を飲みすぎていたが、こうしてちゃんと目覚ましの音で覚醒《かくせい》する。ただし、見ていた夢まではコントロールできない。

（ああ、またあいつか。でも、久しぶりだったな……）

内心そう呟《つぶや》きながら溜息《ためいき》を一つ漏らす。

たびたび彼の夢を見る。高校時代に同級だった彼の名前は、「小島伊知也《こじまいちや》」という。

高校を卒業して異なる大学に進んでからというもの、一度も会ったことはない。街で見かけたなどという偶然もない。ましてや、噂さえも耳に入ってくることはない。

そして、あれからもう十年だ。なんてしつこい性格なんだと自分でも呆《あき》れる。でも、夢から彼を追い出すことはできない。特に酒を飲んで眠った夜はそうだった。それほどに、自分の深層心理の中で未だに心を騒がせる妖《あや》しげな存在として宿っている。

四月生まれの拓朗《たくろう》は高校に入学して二週間で十六歳になり、彼と出会った。今は二十七になり、十年分の思いがやたらと重い。

（いや、重いのは頭か……）

少しばかり二日酔いで、ベッドから起き上がるとすぐに熱いシャワーを浴びにいく。都心の高層マンションの浴室は窓が大きくとられていて開放的だ。この気持ちよさがこの部屋を購入した一番の理由といってもいい。

また、自分のオフィスに近いことと、リビングが二十畳以上と広く、二つあるベッドルームのそれぞれにウォークインクローゼットがあって収納に困らない点も気に入っている。さらには、新築で人の手垢《てあか》がついていないのが決め手だった。

もちろん、二十七歳の若造が購入するには充分すぎる贅沢《ぜいたく》な物件だとわかっていたが、資産の一つと考えてローンを組んだ。それに、自分はそれだけの仕事している。これくらいの部屋に住むだけの価値のある男だ。

すなわち、「I'm worth enough for this」ということだ。それを周囲に知らしめることによって、自分自身を日夜鼓舞し続けている。そうしなければ戦っていけないフィールドに自分はいる。

拓朗が弱冠二十七歳で社長を務める「Discover J」は海外から日本にくる観光客に、オリジナルのツアープランを提供する旅行代理店だ。アメリカの大学に在学中、思い立って起業し今年で六年目。

学生の頃はゲーム気分だったが、卒業して日本に帰国し、これを生業《なりわい》としてからは真剣に取り組んできた事業だ。そして、今のところ自分なりに満足のいく結果を出していると思う。

シャワーのあと、クリーニングから戻ってきたばかりの気に入っているピンストライプのシャツを身に着けた。初夏らしいベージュのコットンパンツには、ヨーロッパの老舗《しにせ》ブランドのベルトを合わせる。

流行には敏感でいたいが、日本で社長業をやっていればそれなりに落ち着きも求められる。なので、お堅いイメージの強い老舗ブランドのアイテムの中から、都会的な小物を取り入れるようにしていた。その反面、ネクタイは滅多に締めることはない。若造には若造なりの開き直りがあるからだ。

少し長めの髪は近頃忙しくて切りにいく暇がないだけなのだが、軽く後ろに撫《な》でつけておけばそれなりにおさまってくれる。学生時代に派手な色に染めることもなく黒髪のままだったせいか、痛みの少ない癖のいい髪質のままだった。

そして、今朝も鏡の前に立ち、拓朗は自分自身に言い聞かせる。

「やれることを恐れずにやれ。おまえはやれる男だ。よしっ！」

誰にだってジンクスや験《げん》を担ぐことはあるはずだ。これは、拓朗にとっての儀式のようなものだ。そして、今日という一日の戦いに出陣していく。

戦いの前に摂る朝食は、通勤途中のカフェで買うお気に入りのチョコチップ入りのマフィン。甘いものを摂ると脳の働きが活発になるような気がして、アメリカで暮らしていた頃にすっかり習慣になった朝食の定番メニューだ。

マフィンの入った紙袋を片手に向かうオフィスは、マンションから徒歩十五分の都心の一等地に建つ比較的小ぢんまりとしたビル。周囲の大手企業のビルのように高さはないが、新しくモダンなデザインがそれなりに目を引く。

人気のオフィスビルなので入居は今も順番待ちになっているらしいが、拓朗の会社は空きができたときに運よくワンフロアをまとめて借りることができた。ビジネスにおいてはこういう運もまた大切だと思っている。

「おはようございます。社長、昨夜はお疲れ様でした」

オフィスに入ると、拓朗の秘書兼総務全般を担当してくれているすっきりとした笑顔で挨拶《あいさつ》を寄こす。彼は拓朗より二つ年下で、大学を卒業してまだ二年だ。大学時代に北米に留学経験があり、また日本ではイベント関係のアルバイトを学業以上に熱心にしていたせいで、若いながらも彼の対人スキルはオフィスの誰もが一目置いている。

「コーヒーを頼む。今日はミルクとハチミツを少しな」

普段はブラックなのだが、二日酔いの朝はあまり胃を刺激したくない。自分の健康管理も企業のトップには求められる条件だ。

オフィスにはすでに十名の従業員のうち金子を含めて七名が出勤していた。残りの三名は直行の予定が入っているのだろう。

拓朗はオフィスの一番奥にある自分の個室に入ると、デスクの前に座りまずはパソコンを立ち上げる。そして、買ってきたマフィンを頬張《ほおば》っていると金子がコーヒーを運んできてくれた。

「体調は大丈夫ですか？」

「デスクワークをしている分には問題ないよ」

ミルクとハチミツ入りのコーヒーと聞いて拓朗の二日酔いを察した金子に、パソコンのモニターを見たまま言った。だが、彼はちょっと困ったように手にしていたタブレット型端末を見ながらたずねる。

「もしかして、今夜の只沼《ただぬま》様との会食の予定は……」

そこまで言いかけた金子の言葉を遮るように拓朗が呟く。

「ああ、しまった。それがあったな……」

すっかり忘れていたが、昨日の午後に取引会社の社長と電話で話して、会食の予定を入れていた。

基本的に日本企業のように接待をしたりされたりということは、極力しないで商売をしてきたつもりだ。それでも、やっぱり日本をフィールドにすれば、従わざるを得ないルールというものもある。

昨夜の会食の席はまさに日本のビジネスでいうところの接待だった。そして、本意ではないものの、強引に押し切られる格好で拓朗が接待を受けた側だった。

だが、今夜は違う。むしろ拓朗のほうがビジネスを持ちかけて、今年になってようやく契約の取れそうな運びになっている相手だった。いわばご機嫌うかがいのようなもので、出向かないわけにはいかなかった。

「どうします？　わたしも行きましょうか？」

オフィスの中では誰もが年齢が近いので、会話の口調は比較的くだけている。金子も秘書とはいえ、過剰な敬語は客にしか使わない。どこまでもソツのない彼が一緒にきてくれれば楽だろうが、拓朗はしばらく考えてからコーヒーを一口飲んで言う。

「いいよ。俺が一人で行くから。それより、この秋の紅葉ツアーのプランニングのほうを頼む。見積もりと一緒にデータを明日の朝までに俺のアドレスに送っておいてくれよ」

「了解しました」

金子はそう返事をすると社長室を出て行く。

オフィスのスタッフのほとんどは三十歳以下の若いスタッフで、海外で教育を受けた連中が多いのが特徴だった。そのせいか、時間外勤務は本意ではなく、仕事以外では自分のための時間を大切にしたいと思っているのだ。もちろん、金子も例外ではない。

だが、それが悪いというわけではない。要はオンとオフの切り替えがはっきりしているだけで、仕事に関しては誰もが自己責任できっちりとこなしている。しょっちゅうタバコ休憩に行くような者はいないし、自分の能力に対する査定はシビアに受けとめていて、金がほしければそれだけ働く。そういうスタッフを集めて運営しているからこそ、こんな若い会社であっても、充分な収益を上げているのだ。

すべては拓朗の計算の内とはいえ、社長の自分までが気ままに振る舞うわけにもいかない。まして、今夜の会食予定は拓朗の会社にとって重要な取引先であり、今は少しばかり厄介な問題を頼み込んでいる最中だ。きちんともてなしてこそ、相手から快い返事を期待できるというものだろう。

日本はいい国だ。海外で暮らしてきたらそれが身に染みて感じられる。だが、厄介なことも多いのもまたこの国だ。世界中のどこよりも「安心」と「信頼」が身近にあると同時に、融通のきかない「頑《かたく》なさ」と言葉とは裏腹の「曖昧《あいまい》さ」がある。

それらを巧みに操って、この国でビジネスをする選択をしたけれど、ときどき自分の行く末が不安になる。日本経済は強い。けれど、自分の気持ちはどうだろう。学生時代に始めたこの商売を、どこまで信念を持ってやっていけるのだろう。

スタッフの誰にも言えない不安は常にある。弱冠二十七歳だ。拓朗は明日のことを思いながらも、数年後の自分がまだこの社長室の椅子に座っているのかどうかはわからなかった。

「野口《のぐち》くん、久しぶり。会いたかったよ」

そう言いながら笑顔で拓朗のもとへ歩み寄ってくる男は、昨今日本国内で話題のＬＣＣエアライン「ファーイースト・ジェット」の代表取締役を務める只沼洋一郎《よういちろう》だ。

彼もまた北米の大学で学び、外資系のエアラインで長年勤めてきた。その後、自らの経験を日本の航空会社で講師として伝授してきたことで、業界ではよく名の知られる存在となっていた。

齢《よわい》五十六にして見た目もちょっとした俳優並みにいいものだから、ワイドショーのコメンテーターとして出ていたこともあるし、知恵も知識も豊富な人間で著書も少なくない。

そんな彼が日本の大手航空会社が設立したＬＣＣ企業の社長に任命されたのは、その知識と経験を頼ると同時にネームバリューを利用しようという目論見もあったからだろう。

もとより手腕のある人間だし、いささか安直な目論見《もくろみ》も見事に成功して、彼がトップとして経営しているＬＣＣは国内でも他社を引き離した業績を上げている。

今夜の接待のために準備したのは、都内でも予約を取るのが難しいという料亭。老舗は一《いち》見《げん》お断りと頭が堅いものだが、不況が長引くご時勢ですっかり金には弱くなった。払うものを払えば、案外簡単に最高級の個室を用意させることができる。

「只沼さんもお元気そうで何よりです」

昨夜の酒はすでに抜けているが、できることなら今夜はさっさと帰宅して趣味のホラー映画でも見ながら部屋でのんびりしたかった。だが、その夜は只沼のすぐ後ろにもう一人いて、拓朗はそちらに何気なく視線をやった。そのときだった。

（えっ、ま、まさか……）

思わず声を殺したまま目を見開き、胸の内の呟きを呑《の》み込んでたずねる。

「あの、彼は……？」

案内された部屋の座卓に座った只沼が、ニヤリと笑って言う。

「彼ね、小島伊知也っていうの。なんていえばいいかなぁ。まぁ、俺の愛人ってところかな」

只沼の言葉に、彼の隣に座った男が涼しい顔で拓朗に向かって軽く会釈する。

「あ、愛人ですか？　男性に見えますけど……？」

「何言ってんだよ。俺がバイなのは知ってるだろ」

そうあっけらかんと言われると返す言葉に困る。只沼は既婚者だが、妻とはすでに十年来別居の状態だった。彼の妻は一人娘を連れてハワイで暮らしていると聞いている。

なので愛人を囲うのはわかるが、なぜ男なんだ。いや、本人も認めているようにバイセクシュアルなのだから男なのは構わない。だが、なぜ彼なのだ。それが拓朗にとっては大いに問題だった。

紹介されたその名前には覚えがある。今朝自分の夢に出てきたその人物だった。愛人にもかかわらず、ちゃんと名刺も持っていて、拓朗に差し出してきた。そこにある「小島伊知也」という漢字は一字も違っていない。

なんだか眩暈《めまい》がした。彼は拓朗の高校のときの初恋の相手、その男であった。

◆◆

そういう偶然もあるものだろうか。

「だから、今年はうちも他のＬＣＣとの競争が激化しつつあってきついんだよね。他でもない野口くんの頼みだからきいてあげたいけどさ」

酒を飲みながら、只沼は砕けた口調でさりげなく拓朗の話を受け流す。もちろん、接待の場で執拗《しつよう》にビジネスの話をするほど野暮ではないつもりだ。

只沼は米国の大学を出ているという意味では拓朗の先輩であり、学生時代に起業した拓朗のことは目にかけてくれている。ビジネスにおいては片や日本のＬＣＣ会社の代表取締役と、

旅行代理店の社長という立場で持ちつ持たれつの関係でもある。双方ともビジネスはビジネスと割り切ってつき合える仲とはいえ、こういう場で顔を合わせているあたり、やっぱり日本人は捨てきれないということだ。

ただし、そこに堂々と愛人を連れてくるのは日本人離れした只沼ならではの感覚だと言えるだろう。その愛人はさっきから只沼の横で取り立てて笑顔もなく、高級料亭の会席料理を黙々と口に運んでいる。

「伊知也、お酒のお代わりは？」

「ほしい」

酒も遠慮なく飲んでいる。少女のような中性的な容貌《ようぼう》は高校のときからあまり変わっていない。色白で細面の人形のような輪郭の中に、絵筆で描いたような整った目鼻が並んでいる。少し上唇が尖《とが》っていたり、アーモンド形の瞳《ひとみ》に愛らしさが滲《にじ》んでいたり、長い睫《まつげ》がはかなさと繊細さを漂わせているあたりはあの頃のままだ。

「あっ、オクラだ。これ、苦手なんだ。残していい？　洋一郎さん、食べてくれる？」

少年のようなあっけらかんとした無邪気な口ぶりで、只沼を下の名前で呼ぶ。そのくせ、内面的には大人の男に成長しているのか、どこか危うい色気も漂っている。その不思議なアンバランスさが、高校時代とは違う意味でまた目が離せない。

只沼は愛人のご機嫌をうかがうように冷酒をついでやり、彼が苦手というオクラを自分の器に引き取ってやっている。そして、拓朗に向かってぬけぬけと愛人の自慢をするのだ。

「なぁ、可愛いだろう?」

「えっ、ええ。男性にしてはきれいですよね……」

という以外になんて言えるだろう。本当なら声を大にして言いたいことはある。

『そいつ、俺の高校の同級生で、おまけに初恋の相手ですからっ！　今朝方も夢に出てきましたからっ！』

などと叫んだら只沼はどんな顔になるだろう。彼のことだから、奇妙な偶然に驚いて大笑いしそうだ。ビジネスにはシビアだが、愉快なことは大好きな根の明るい人間なのだ。

よしんば、只沼のそんな反応はいいとしても、問題はその初恋の相手のほうだ。悲しいことに彼は拓朗のことを覚えていないらしい。その証拠に、挨拶をしたときからずっと拓朗と視線が合ってもまるで反応がない。

同じ高校に通っていたとはいえ、三年間で同じクラスになったことは一度もない。「野口拓朗」という名前など珍しくもない。おまけに、高校時代の自分はきっぱりと暗いガリ勉野郎で、かぎられた友人としかつき合いもなかった。

いつも友人の輪の中心にいて誰からも愛され可愛がられていた伊知也は、男子校の中ではまさにアイドル的な存在だった。教師までが彼をあからさまにひいきしていたし、それを咎《とが》める者もいないくらい絶対的な「天使」だったのだ。

閉鎖的な進学校の男子校の中だったから、あんな奇妙な状況が出来上がっていたのだろう。外に出てみればそれがいささか異様だったと思うが、あの頃は伊知也の姿を見れば誰もが幸せな気分になれたのだから、青少年の心というのは不思議なものだ。

あれからざっと十年。十年というのは人の運命を変えるには充分な年月だ。それは、拓朗自身が身をもって感じている。

自分のような冴《さ》えないガリ勉野郎だった人間が、努力の甲斐《かい》あって米国の名前の通った大学を優秀な成績で出て、今では二十代半ばで社長業をやっている。一方あの頃のアイドルはその後どういう運命をたどったのかわからないが、今は只沼の愛人として暮らしていた。

伊知也はかなり酒が強いらしく、只沼がグラスに冷酒をそそいでもあっという間に飲み干してしまう。接待している身としては、やっぱり気遣いを見せなければならないだろう。

「どうぞ」

冷酒の入ったデカンタを持ち上げると、すでにかなり飲んでいるにもかかわらず顔色一つ変えずにグラスを差し出す。

「このお酒、おいしいね」

「それは、よかったです」

色っぽい目でにっこり笑う伊知也に、拓朗もまた思わず作り笑顔で答える。

当然だ。店の女将《おかみ》に言って、最高級の酒を仕入れさせておいた。金に糸目はつけていない。

必要ならば金はふんだんにかける。けっしてケチ臭い真似はしない。その代わり締めるところは徹底的に締める。無駄は可能なかぎり省いた合理主義が経営の基本方針だ。

「野口くんのところとは末永くうまくやっていけたらと思っているよ。とはいえ、ビジネスはビジネスだ。時代を読めなくなった者が脱落していく世界にいるのは、わたしも例外じゃない。ビジネスは常に目先の利益と先行投資。このバランスが難しいんだよ」

企業というものを知っている只沼の言葉は、若造の拓朗にはいちいち勉強になる。それと同時に、今年で五十六になる彼のタフさに脱帽する。自分が只沼の歳《とし》になったとき、ここまでいろいろなことにアグレッシブな姿勢でいられるだろうか。

歳若く起業した拓朗は、自分の中で人とは違う時間の流れを感じることがある。一年がまるで三年や五年のように思えるときがある。一週間前のことでさえ、まるで一年前のことのように感じられることがあるのだ。

にもかかわらず、今夜この場所で小島伊知也に出会い、高校のときの胸のときめきをつい昨日のことのように思い出してしまう。なのに、相手は自分を覚えてもいないのだ。虚《むな》しさばかりが募って、このやるせなさをどうごまかせばいいのだろう。

「でさ、君、結婚は?」

「えっ、なんですか、急に」

初恋の相手を前にして思いがけない質問を受け、拓朗が手にしていた冷酒のデカンタを落としそうになる。

「だって、その歳で社長だろ。金の心配がなくて洒落者《しゃれもの》のいい男だし、おまけにいいマンションに住んでいて条件は整っているじゃないか。今だって女性には不自由していないだろうけど、結婚はどうなのかなって思ってさ」

「勘弁してください。経営に余裕があるわけでもないですし、学生時代と違って日本に戻ってみれば現実の厳しさに翻弄《ほんろう》されるばかりですよ。今は結婚なんてまるで考えてないですし、恋人すらいないですから」

只沼は「またまた」と笑いながら手を振り、まったく信じていない様子だった。だが、本当に恋人などいない。只沼と違ってカミングアウトしていないが、拓朗もまた女性ばかりを恋愛対象に考えているわけではない。

というより、只沼と違いバイセクシュアルでさえない。拓朗の恋愛対象は同性でしかない。そして、自分がそうなってしまった直接の原因はたった今、目の前でパクパクと会席料理を口に運びながら、特別な冷酒をゴクゴクと飲み干している男だ。

十年ぶりに会ってこうして向き合ってみても、いやになるほど美しい。ほっそりとした輪郭に柔らかい髪がまとわりつくように伸びているが、それがけっしてだらしなくもなければ鬱陶《うっとう》しくもなく、むしろ上品な柔らかさをかもし出していた。

大きな目をしているのに、伏し目がちなのは高校のときからそうだった。それが彼を奥ゆかしく見せていて、それだけに人目を引いてしまう。当時から生々しいオスの匂いを放っている他の同級生とはあきらかに違っていた。今でもその印象は微塵《みじん》も変わっていないのだ。

こんな中性的でいても、伊知也もまた女の子に興味を抱《いだ》き、その愛らしい容貌に相応《ふさわ》しいガールフレンドとつき合っていたのだろうか。

進学校とはいえクラスの半分くらいは初体験を済ましていたし、近隣の女子高の生徒とつき合っている者も少なくなかった。だが、高校在学中は彼が女の子とつき合っている噂は聞いたことがない。同時に、学校内で多くの生徒から告白され、交際を迫られていたことも知っているが、そのうちの誰かと親密な関係になったという話も聞いたことがなかった。

ただし、大学時代の彼のことはまったく知らない。そして、十年経《た》ってみれば、彼が恋愛に対して晩生《おくて》で、見た目どおり奥ゆかしいなどという思い込みは単なる妄想だったと思い知らされた。

わずか十年。されど十年。初恋の相手は、今では取引先の社長の愛人だ。彼の過去の女性経験の有無などもはや考えても無駄だろう。あったかもしれないし、なかったかもしれないが、そんなことはどうでもいい。問題は今、彼があの頃の美貌もそのままに只沼の愛人であるということだ。

いっそ伊知也がむさくるしい「オッサン」になっていてくれれば諦《あきら》めもついたのに、只沼がすっかり甘やかしているのも無理はないと思うほどに小首を傾《かし》げて話す姿が魅惑的だ。

（誕生日がくれば俺と同じ、もう二十七だろうが……）

思わず腹の中で吐き捨てていた。だが、この歳になったからこその色気とも言える。

「ねぇ、食べたら店変える？」

順番に出てくる料理をさっさと片付けていく彼は、すでに次の店のことを考えているらしい。

「いいよ。どこへ行きたいの？」

「高いところ。夜の街が見たいから」

「伊知也は夜景が好きだな」

「うん、大好き」

そばで聞いていたら、頭を抱えたくなる会話だ。恋人同士ならロマンチックなことこの上ないが、第三者にしてみれば目が据わったまま明後日《あさって》の方向を見てしまうしかない。

そうやって明後日の方向を見ているうちに、ものすごく自分のほうが負けている感覚がしてきたのはなぜだろう。向こうはたかが愛人で、こっちはビジネスの話を持ちかけている立場なのだ。それなのに、ひどく心乱されている自分が腹立たしいような気分で、誰にともなくなぜだと声に出して問いたい気分だった。

料亭での食事のあとは、只沼とその愛人である小島伊知也の腰巾着《こしぎんちゃく》のようになって、都心のホテルの最上階のバーに案内した。その程度のバーに大喜びするような連中ではないが、とりあえず伊知也は三十一階の窓から見下ろす夜景には満足してくれたようだ。

「この子、高いところが好きなんだよ。航空会社の社長の愛人に相応しいと思わないか」

只沼はそんなことを言って笑っている。その横で運ばれてきたカクテルには見向きもせずに、伊知也はずっと窓の下を見下ろしていた。

高いところが好きな人間は珍しくない。ただ、高校時代には伊知也のことをものの陰からよく見ていて、彼に関する噂ならマメに小耳に挟んでいたが、高いところが好きだという話は初耳だった。

北米では諸々《もろもろ》の条件に恵まれていることもあり、パラグライディングやスカイダイビングなどスカイスポーツを楽しむ人口は日本よりはるかに多い。伊知也もまた、そういうことに興味があるのだろうか。

高校のときはITクラブに所属していたはずで、あまりスポーツは得意そうに見えなかった。今も特に鍛えている様子もないから、きっと高いところから景色を眺めるのが好きなだけなのだろう。眼下に広がる夜景を見下ろす横顔は、高校の頃にうっとりと眺めていたあの涼やかな面影を残している。

この十年、彼はどんな人と出会って、どんな経験をしてきたのだろうと考える。誰かと夢中で恋をして、楽しい思い出や悲しい思い出もあっただろうか。もしそうだとしたら、今は只沼の愛人をしている彼は幸せなんだろうか。

伊知也の過去を考えながら、拓朗は己の過ごしてきたこれまでの年月をぼんやりと思い返していた。長い年月だったような気もするが、初恋の伊知也の顔を見ればまるで一瞬だったような気さえする。

「長いようで短いよね。十年って……」

伊知也がいきなり言ったので、ハッとして彼の顔を凝視する。一瞬、自分の胸の内を読まれたのかと思った。だが、彼は只沼を見ながら二人だけの思い出話をしようとしているらしい。

「十年前といえば、わたしはまだシアトルにいたな。伊知也は何をしてた？」

「高校生してた」

小さく口元を緩めて笑い、伊知也は隣に座る只沼に言う。

そのとき、ほんの一瞬だけ彼が拓朗のほうを見た。伊知也と視線が合った瞬間、まるで小さな雷に打たれたような気持ちになった。そして、自分の時間が物理的に逆戻りしそうな気がして大いに慌てる。

（やめろよ。冗談じゃないっ。俺はもうあの頃の俺じゃない……っ）

心の中で叫んでいた。けれど、伊知也の魅惑の笑みがあの頃と同じように拓朗の心を簡単に捕らえてしまう。なぜだと叫んでも虚しいだけだ。

ときどき、人を好きになるのに理由などないんじゃないかと思う。まるでそういうふうに人生をプログラミングされていて、つまりは運命という陳腐な言葉にいきついてしまうのかもしれない。

そして、十年ぶりに会っても彼は彼だった。夢の中で見るように拓朗の心をかき乱す。そして、人生はこんなにも皮肉だ。

自分はもう強くなった。やれる人間になったとどんなに鏡の前で暗示をかけても、何もかも思いのままにいくわけもない。少しばかり成功した気分でうぬぼれていた自分を嘲笑《あざわら》うような現実がここにある。

「そういえば、野口くんも高校生だったんじゃないか。今年で二十六だよね」

「四月生まれなので、すでに二十七ですけどね」

背伸びをしたい気持ちではなかった。ただ、伊知也と同じ歳だと思われて、彼にうっかり自分の存在を思い出されるのがいやだったのだ。だが、伊知也はまったく興味のない様子でスパークリングウォーターのグラスを傾けている。

只沼に話しているのを聞いたところ、酒は混ぜない主義らしい。さっきの料亭でさんざん日本酒を飲んだので、今夜はもう水しか飲みたくないと言っていた。酒は好きでも、飲み方には節度はあるようで少しばかり好感を抱いた。

だが、そんなことを口にして伝えることもない。よしんば、彼がどうしようもなく酒癖が悪くても、只沼が許して愛《め》でているかぎり、拓朗が何を言える立場でもないのだ。

「例の件、考えてみるけど期待しないでよ。うちも厳しいのはわかるだろ。君のことは人間として買っているけど、共倒れになるわけにはいかない。そもそも、そんなことは君も望んでないだろうしね」

ぼんやりと夜景を見つめる伊知也の横顔に見とれていたら、いきなり只沼にビジネスの話を持ちかけられて我にかえる。

「もちろんですよ。ビジネスは常に『ウィン・ウィン』の関係であるべきだと思っていますから」

拓朗がそう言ったとき、只沼に肩を抱かれていた伊知也がチラリとこちらを見た。そのときの表情に思わず内心で溜息をつく。

いやになるほどきれいだからだ。彼の誕生日は十一月だったはず。そんなことは高校のときには学校中の周知の事実で、誕生日には山のようにプレゼントをもらっているのを三年間見てきた。ただし、拓朗は一度もそんな真似をしたことはない。

好きだったけれど、自分なんかが何かをプレゼントしても相手にしてもらえるわけがないと知っていたからだ。そして、今夜もまた彼は自分からはどこか遠くにいる。彼は只沼のもので、自分が気軽に声をかけてもまともに相手にしてもらえるわけもない。

そんな卑屈な思いでいたとき、只沼の肩に顔を傾けるようにしていた伊知也がふと口を開いた。

「ねぇ、野口さん」

「えっ、は、はい……？」

いきなり呼びかけられて、少しばかり素っ頓狂《すっとんきょう》な声を出してしまった。

「昔、どこかで会った？」

もちろん会っている。もしかして、思い出したのだろうか。だが、まだどこか曖昧な彼の表情を見て、拓朗は意地を張ってしまう。

「い、いや、それはないと思いますけど……」

幸い、只沼との会話ではアメリカの大学の話は出るけれど、高校のときの話は出ていないのをいいことにしらばっくれた。

「ふ〜ん、そう……」

伊知也はそれだけ言うとまた黙ってしまう。そんな伊知也の態度が珍しかったのか、只沼は面白そうに身を乗り出してくる。

「おいおい、野口くん、伊知也に気に入られたのかな。でも、悪いことは言わないから口説くなよ。この子は若造の手に負えないぞ」

それはないと苦笑を漏らしながら、拓朗は目の前で手を横に振った。第一、これまでまともに顔さえ見なかったし、名前も覚えていなかったのだ。おまけに、やっと話しかけてくれたかと思えば「どこかで会った？」などという陳腐な言葉。

接待を受けたお礼程度に、ちょっと気の利いた言葉を吐いたつもりかもしれない。だが、拓朗にしてみれば、中途半端すぎて情けないばかりで喜べない。

夢に出てくる彼は高校のときのままの愛らしさで、いつだって心乱されてきた。それなのに……。

(なんでなんだよっ。十年も経ってんだろうが……っ)

心の中で叫んでいても、彼の愛らしさは微塵も変わることなく目の前にいる。あの頃のまま伊知也は伊知也で、拓朗は遠い初恋に今また身悶《みもだ》える思いを味わっているのだった。

◆◆

「社長、社長……?」

部屋の窓からぼんやり街を見下ろしていたが、金子が自分を呼んでいる声に気づいて慌てて振り返る。

「あっ、ああ、すまない。ちょっと考え事を……」

「大丈夫ですか?　昨夜も遅かったんでしょう?　ここのところ接待が続いていますし、週末はゆっくりしてくださいよ」

日本の旅行会社と違い顧客のほとんどが北米からのツアー客なので、拓朗の会社では夏のシーズンは六月に入ると始まる。北米の学校が六月からバケーションに入るからだ。学校が休みに入ると同時に旅行に出かける家族も多いし、学生も学年の終わりのクロージングセレモニーに出ないまま友達同士で旅に出ることも少なくない。

北米では、日本へのツアーは経済的ゆとりがあって高学歴な層に人気がある。円高でもぜひ訪ねたいと思う人たちはそれだけの知識もあって、ツアーの注文も多種多様になる。それらに細かく対応することにより、利用者の口コミで「Discover J」はここまで業績を伸ばしてきた。

これからトップシーズンに入る今はのんびりしている場合ではない。北米には北米向けの対応をしながら、日本国内では日本でのビジネス形態を守りつつ事業を進めていく。また、今年はヨーロッパからの顧客も本格的に呼び込みたいと企画している。

アメリカで起業したときは遊び半分の気軽さだったから、よもやここまで本気になるつもりはなかった。けれど、もはや自分は学生ではなく、雇用している者もいる。彼らを路頭に迷わせるわけにはいかないし、両親に自分は自分の道を行くと大見得を切った手前もあり、この人生を挫折《ざせつ》に終わらせるつもりもない。

拓朗は秘書の金子とスケジュールの打ち合わせを簡単にして、今日の業務に取りかかる。

まずはメールチェックから始め、緊急性の高いものからさっさと返事を打っていく。この作業はいつも始業から一時間以内に済ませるようにしている。

十時過ぎからは社内ミーティングを行い、国内の必要な関連会社との連絡も極力午前中に済ませるようにしている。そうすれば、日本で出した結論を午後には北米の事務所に伝えることができる。日本の午後はウエストコーストでは深夜なので、翌朝出勤とともに日本からのメールをチェックして向こうからの返答がくるという段取りだ。

北米ではサンフランシスコに代理店を持っていて、二名の日本人とアメリカ人を一人雇っている。小さい窓口だが、扱っている案件はかなりの数に上るので人員を増やしてほしいという要求もきている。

向こうの大学を卒業して、そのまま現地で仕事を見つけたいという日本人の中から使えそうな人間を探し、二、三名の人員補強を行ってもいい時期かもしれない。

ただ、拓朗のポリシーとして、雇う人間は短期のバイト以外はすべて自分で面接することにしている。なので、拓朗が一度向こうへ行ってインタビューをしなければならない。

日本と北米間の往復は学生時代からいやというほどしているので、現地に入っても日本に戻っても時差ボケの調整は慣れたものだった。日本でのスケジュールを金子と相談して、調整がつき次第第四、五日の時間が取れたら近々一度渡米することにした。

その日は昼休みをスキップして四時までノンストップで仕事をこなし、金子にあとをまかせて帰宅の準備をする。彼の言うように接待続きで体がだるい。こういうときはしっかり睡眠を取って、体調を整えておきたいのだ。

ちなみに、拓朗の会社では七時間の勤務を定めているが、一日の仕事の配分は本人次第だ。早朝からきて早く帰宅したり、昼をスキップして通して働いたり、遅い出勤で夜に業務をずらす者など、すべて個人の采配《さいはい》にまかせている。

社員を残して四時過ぎにオフィスを出た拓朗は自宅マンションに戻り、エントランスの集合ポストから持ってきた郵便物をリビングのテーブルの上に放り投げる。

その後、シャワーを浴びて汗を流し、冷たいビールを飲みながらさっきテーブルに放り出した郵便物を一つずつ手に取って確認する。どうでもいいＤＭがほとんどで、あとはカード会社や公共料金の明細書などに交じってプライベートの封書とハガキが何通かあった。

そんな中にあった一枚の往復ハガキに目をとめる。高校の同級生からの同窓会の案内だった。大学からアメリカに行っていた拓朗はこういう集まりに参加したことはない。基本的に高校の頃は暗いガリ勉生活で、親しくしている友人も少なかった。

いまさら会って友情を確かめたい相手もいない。ただ、そのハガキを見ていてふと思い立ったように自分の携帯電話を取り出した。

電話帳の中には数少ない高校時代の友人の番号がある。滅多に連絡を取ることもないが、高校の三年間たまたま同じクラスで、学業で順位を争っていたいわゆる「ガリ勉」仲間がいるのだ。

信田《しのだ》という男で、今は化学品メーカーの研究室に勤めている彼にかけると、数回のコールで出て驚いた声を上げる。

『珍しい奴から電話がきたな。おまえ、今日本にいるのか？　それとも、アメリカから？』

「日本だよ。都内で事務所を構えたって案内のハガキを送っておいただろ」

そういえばそうだったと呑気《のんき》な返事をするが、一年に一、二度電話連絡をしても気兼ねなく話せる彼は拓朗にとって貴重な高校時代の友人ともいえる。

「同窓会のハガキがきていたけど、そっちも届いているか？」

『ああ、きてたな。まさか、おまえ出るの？』

信田が意外そうに聞き返す。彼もまた高校時代に青春を謳歌《おうか》したというタイプではないので、こういう集まりには縁遠いのだ。そして、拓朗もそんな自分と同胞だと信じているので、いきなり同窓会の話題を持ち出されて驚いたのだろう。

拓朗は自分も出席の予定はないと言ったものの、しばらく世間話などして本題をどうやって持ち出すか頭の中で整理していた。だが、相手も忙しいだろうし、こちらも昔話をだらだらと続けるのは時間が惜しい。なので、適当なところで気にかかっている話題を持ち出した。

「あのさ、電話したのは他でもない。最近ちょっと懐かしい奴に偶然会ってさ。小島伊知也って覚えているか？」

その途端、電話の向こうの信田が一瞬言葉に詰まるのがわかった。だが、信田はごく冷静な声で言った。

『覚えているも何も、あいつは俺と同じ大学だったんだぞ』

「えっ、そうだったっけ？」

拓朗は高校を出て九月からの大学入学準備のためすぐに渡米したので、同級生の進路についてはあとからＳＮＳやメールのやりとりで知ったくらいだ。信田は国立大学の受験でしくじったが浪人はしたくなくて、私立の有名大学に進学していた。だが、彼とのメールのやりとりや電話の会話では、これまで伊知也の話題が出ることはなかったので、彼らが同じ大学だということは今初めて知った。

だったら、信田は伊知也が大学を卒業してからの進路も知っていて、現状に至った理由も聞いているかもしれない。だが、そんな拓朗の期待を信田はあっさりと否定してくれた。

『もっとも、奴は二年で中退しているから、その後のことはよく知らないけど……』

「中退……？」

べつに珍しいことではない。とはいえ、信田と同じ大学ということは、きちんと卒業していれば就職には有利だったはず。信田にしてみれば国立からランクを下げたとはいえ、あの頃の伊知也の学力レベルならいいランクの大学に入ったことになるはずだ。にもかかわらず中退というのは、何か特別な理由があったとしか思えない。

『小島に会ったって、どこでだ？　どんなふうだった？』

「あっ、いや、仕事の関係先でチラッと見かけただけだ。十年ぶりだったけど、印象的な顔をしているからさ。なんとなくおまえも覚えてるかなって。そうしたら、同窓会のハガキも届いていて……」

ごまかしながらも曖昧な返事をする。仕事で接待した男の愛人をしていたとは、さすがに口にしにくい。伊知也の名誉のためというより、その場にいて心穏やかでなかった自分を知られたくない思いが強かったのだ。

そんな拓朗の胸の内など気づきもしない信田は世間話をする口調で、伊知也について自分の知っていることを話してくれた。

『大学二年の夏頃かな。確か両親が旅先の事故で亡くなったとかで、大学を辞めたんだよな。まぁ、気の毒な話だと思ってたけど、その後のことはあまりいい噂は聞いてないな』

「そうなのか？　たとえば、どんな噂だ？」

『金に困ってたんじゃないの。水商売に入ったとか、あの顔だったからウリ専やってるとかさ。そういう類《たぐい》の話だな』

「まさか……」

とは言ったものの、愛人という今の立場を知っているだけに、そんな噂も本当かもしれないと内心疑ってしまう。

『でも、なんでおまえの仕事関係であいつに会うわけ？　まさか、あいつも旅行代理店に関わるような仕事をしているとか？』

「いや、そうじゃない。先日ホテルのカフェで取引先の人と打ち合わせをしていたら、近くのテーブルにたまたま座っていてさ。向こうは気づいていなかったみたいだし、どうってことはないけどな」

事情は説明できないので、咄嗟《とっさ》にそんな言葉でごまかした。

『ふ〜ん。でもホテルってのがなんとも怪しげだな。やっぱり噂は本当だったのかもな。まぁ、どうでもいいけどさ。それより、同窓会は行くのか？　俺は無理だな。仕事が立て込んでいるし、取り立てて会いたい奴もいないしさ』

「ああ、俺も多分パスだな。会いたい奴には個人的に会うし」

そして、そのうち時間ができたら一度飲もうと半ば社交辞令的に告げて電話を切った。同時に小さな溜息が漏れる。馬鹿な電話をしてしまったと後悔していた。おかげで、知りたくもないことを知ってしまった。

拓朗はソファから立ち上がると、もう一本ビールを取りに行く。それを飲みながら、自分のジャケットの内ポケットから名刺入れを取り出した。

先日、只沼と一緒に会ったときに伊知也にもらった名刺を見ると、名前の他には肩書きらしきものはない。携帯の電話番号とメールアドレスだけが記載されている。マスコミ関係の人間にはこういう名刺を作っている者もいるが、伊知也だといかにも怪しげな商売している感じがする。

この名刺をもらって電話やメールをできるなら、かなり勇気があると思う。下心があると思われてもいいというなら平気なのかもしれないが、拓朗にはとうていできそうにもない。

でも、信田の話のせいでよけいに伊知也のことが気になって、なんだか夕食を作る気にもなれない。二本目のビールを飲み終わったあと、パントリーからラビオリの缶詰を出してきて鍋に移しヒーターにかける。

一人暮らしの食事は手をかけても手を抜いても侘《わび》しい。だが、今夜はそんな侘しい食事さえもどこか上の空で摂っている。機械的に手を動かしてラビオリを食べながら、ぼんやりと考えているのはやっぱり伊知也のことだ。

拓朗の部屋は十一階にあり、バスルームやダイニングテーブルから見下ろす夜景もそう悪くはない。あのときの伊知也の横顔を思い出しながら、ふとこの景色を見ても楽しんでくれるだろうかなどと考える。

そして次の瞬間、自分の妄想に一人で赤面する。もしかしたらもう二度と会うこともない彼が、この部屋を訪ねてくることなど万に一つもあるわけがない。なのに、好きな子が自分の部屋にくることを想像するなんて、まるで高校生のように青臭い真似をしている自分が猛烈に恥ずかしくなってしまった。

小島伊知也と思わぬ再会をしてから一週間が過ぎていた。

その夜、拓朗は少しばかり緊張した面持ちで待ち合わせのバーにいた。

『アメリカのエアラインとの合弁の話が出ていて近日中に渡米の予定なんだけど、例の件について条件次第で考えてみてもいいかと思ってさ』

先週末、只沼からそんな電話が入った。例の件というのは他でもない。拓朗の代理店が以前より頼んでいる、スーツケースのチェックインを無料で受けつけてほしいという話のことだ。

北米から日本に到着したあと、地方都市への移動は主に只沼が経営するＬＣＣの「ファーイースト・ジェット」を利用している。

だが、「ファーイースト・ジェット」では安い航空運賃を提供する分、スーツケースのチェックインは一個当たりの重量で追加料金が請求される。手荷物だけの短い旅行者や出張などで利用する客にはそれでいいが、海外からの旅行客はスーツケースを何個も抱えて移動する場合も多い。

拓朗の代理店では他のＬＣＣを極力使わず、「ファーイースト・ジェット」を使うことを条件に、なんとかチェックインのスーツケースを二個まで無料で引き受けてもらえないかと交渉し続けているのだ。

もしアメリカのエアラインとの合弁の話が現実のものになれば、資本金の増額が期待できる。拓朗の会社の希望を叶《かな》えて北米からの客の日本国内での需要を集めれば、只沼の会社にとってもけっして悪い話ではなくなるだろう。

只沼を口説き落とすのは難しいと思っていた矢先に、降って湧《わ》いたような合弁の話。もしかしたら、労せずして幸運が舞い込んでくるかもしれない。ビジネスの世界ではこういう幸運がときおり降ってくることがある。だが、反対にどうしてなんだと天に向かって恨みつらみを吐きつけたくなるほど不運が続くときもある。

大学時代から始めてまだわずかに六年とはいえ、すでにそういう浮き沈みを何度か経験してきた。幸運は逃さずにつかまなければならない。慎重であると同時に大胆さもなければ、会社経営などできはしないのだ。

あらためてその案件について只沼と話すために場所を設け、今夜は先日と違って有名なイタリアンの店に席を予約しておいた。

早めに店に併設されたバーで軽く飲みながら只沼を待っているが、いつになく緊張しているのは仕事の件を案じているからではない。先日と同じように伊知也も同伴してもらってかまわないと、拓朗のほうから言っておいたからだ。

一応気を利かせたふうに装ってはみたものの、実際は自分が会いたいだけなのだ。只沼に下心はばれていないとは思うが、伊知也の顔を見ても平静でいられるよう自分に言い聞かせておくために、今は一足先にバーにいて二杯目のマティーニを飲んでいる。

今日も昼食はスキップしていたので、空《す》きっ腹にウォッカベースで二杯目となるとけっこう胃に沁《し》みる。だが、まったく酔える気がしない。もちろん、仕事の話があるので酔っている場合ではないが、どうにも落ち着かないのだ。

（まいったな……）

この業界では海千山千の只沼を相手に、こんな調子で大丈夫だろうか。いつになく自分に自信が持てずにいる。そこで周囲を見渡して、すぐ近くにある生花を飾ったシルバーのゴブレットを引き寄せた。鏡のように磨き上げられたそこに映っている自分の顔を見て、毎朝の儀式をここでも行う。

『大丈夫だ。おまえはやれる男だ』

声にはせず胸の中で呟き、自己暗示をかける。実は、この儀式もまた向こうでの生活で身についたことの一つだ。

アメリカの大学に通いはじめたばかりの頃、自信があったはずの英語なのにエッセイなどで思うような点数が取れず何度も打ちのめされた。また、すっかりアメリカナイズされた日本で育った世代とはいえ、実際に暮らしてみればその生活習慣の違いから受けるストレスも大きかった。

それでも、自分の信じた道だから絶対に負けるものかとがむしゃらに学び、北米での生活に慣れようと努力した。日本にいた高校時代とは打って変わって、友人関係の構築にも時間や努力を惜しまなかった。おかげで半年もする頃には学業に不安はなくなり、日本にいた頃の自分とはまるで違う社交的な人間になっていた。

北米の大雑把さにときに苛立《いらだ》ちを感じつつも、それ以上の解放感を得ていたのは事実だ。自分は縮こまっている必要などない。だから、恋愛も同じように楽しんだ。女性とつき合ったこともあるが、二、三人と立て続けに短い期間で別れてからは、同性に対象が変わった。住んでいたのが同性婚こそ認められていないものの比較的ゲイには寛容な州だったので、それほど窮屈な思いもせずにゲイ同士の恋愛を楽しんだ。ただ、相手はいつも同じタイプだった。

いわゆる北米の美丈夫というタイプではなく、東洋系の線の細い女性的な男性ばかりとつき合っていた。自分が抱きたいほうだから、どうしてもそういうタイプを選んでしまうのだと思っていたが、本当は違うのだ。いつだってどこか伊知也に似たところのあるタイプを探していたのだと思う。

わかってはいたけれど、認めたくなかっただけだ。男女を問わず、恋愛対象が初恋の相手のイメージに引きずられることは珍しくないと思う。恥ずかしく思うことでもない。

それでも、高校時代は口もきけなかった相手を思い続けている自分はひどく未練たらしくて、情けないような気がしたから、できればそんな現実から目を背けていたかったのだ。

伊知也との最初の出会いから十年が過ぎて、変わったつもりだった。なのに、思いがけない再会をした途端に、昔の自分に引き戻されてしまった。思い出したくもない、過去の陰鬱な己の姿が次々と脳裏に蘇《よみがえ》ってくる。

いまさらのようにあの頃と同じ悶々《もんもん》とした気持ちを抱えるのは真っ平だ。そう思っているのに、人の気持ちというのはままならない。

「こちらでお待ちです。どうぞ」

バーのカウンターで飲んでいた拓朗の背後でそんな声がして、只沼たちがきたのだと察して立ち上がり振り返る。だが、そこにいたのはなぜか伊知也一人だった。

「こんばんは」

にっこりと笑って挨拶をする彼に会釈をして、只沼の姿を探す。もしかして、遅れてくるのだろうか。あるいは、化粧室にでも立ち寄っているのだろうか。戸惑う拓朗に伊知也が笑顔を崩さず説明する。

「只沼さんは急遽《きゅうきょ》渡米したので、今夜は俺だけです」

「え……っ」

一瞬言葉を失って固まった。ビジネスの接待で突然のキャンセルは驚くほどのことではないけれど、この状況をどうしたらいいのかわからない。

「君、一人……」

「ええ、そうです。駄目ですか？」

伊知也が拓朗の戸惑いを見て、ちょっと困ったような顔になる。せっかくきてくれた相手に居心地の悪い思いをさせてはよろしくない。たとえ彼が愛人という立場であっても、只沼が寄越したのならそれなりの意味があるのだろう。

すなわち、愛人の相手をちゃんとしてくれれば、例の件も考えてもいいなどといういささか下世話な取引になるのかもしれない。だが、それで話がまとまれば安いものだ。

拓朗は気を取り直したように営業用の笑顔を浮かべて、伊知也を自分の隣のカウンターへと招く。

「とんでもない。只沼さんの大切な方ですから歓迎しますよ」

拓朗の言葉に伊知也もにっこりと笑みを浮かべると、促されるままにスツールに座る。

「空腹でしたらすぐに席に案内させますが、よければ一杯どうですか？」

伊知也が酒に強いことはすでに知っている。すると、彼は拓朗のグラスをチラッと見てからバーテンに同じものでいいと注文した。

「それで、只沼さんは例の合弁の話で渡米されたんですよね？」

「さぁ、どうかな。よく知らないけど、あれこれ忙しい人だからね」

一応ビジネスの話から切り出してみたものの、そんなことには興味すらないという素っ気ない返事だった。愛人に聞いた自分が馬鹿だったと思ったが、ビジネス以外に話すことがない。二人きりでカウンターに座り、わずか一分で話に詰まってしまった。

これで一緒に食事をすることを考えると、なんだか気が遠くなりそうだ。そんな拓朗の胸の内を読んだわけでもないと思うが、唐突に伊知也のほうから話を振ってくれる。

「ねぇ、野口さんって俺と同じ歳なんでしょう?」

「ええ、同じ学年みたいですね」

「すごいよね。その歳で社長さんなんて。アメリカの大学に在学しているうちに起業したって聞いたけど、どうしてこの仕事を思い立ったわけ?」

目の前に置かれたマティーニのグラスを持って一口飲んでから、スティックにささったオリーブを一つ頰張っている。拓朗のほうを見るでもなくたずねているのでそれほど興味はないのかもしれないが、とりあえずこれで話題が続くなら助かる。

「学生の間に起業する人間は、向こうじゃべつに珍しくないですから。高校卒業とともに独立するのが普通で、大学へ進学するのは日本と違って本当に学びたいことがある者だけです。研究分野で追究の道を選択するか、自分のできることを見つけて起業するか、あるいは新たに興味を持った学部に移り勉強を続けるか、卒業を前にして学生はおおよその三種類に分かれるんです」

それ以外ではしばらくバックパックで世界を旅行する者や、知り合いの会社でインターンになる者もいるが、日本のように時期を同じくして一斉に行われる就職活動というものは存在しない。

「じゃ、野口さんは起業派ってことだね。最初から旅行業に目をつけていたわけ？」

「いや、最初はまったくそんなつもりはなかったんですけどね。もともとは……」

アメリカでの学生時代のことを話しかけたところで、伊知也が急にこちらを見て手のひらを差し出してきた。黙ってという合図だとわかり、一度口を閉じる。社交辞令で訊《き》いたものの、詳しい話などどうでもいいということだろうか。

「あの、ちょっと提案なんだけど、いいかな？」

「はぁ、なんでしょう？」

何か厄介なことを言われるのではないかと警戒したが、そうではなかった。

「ねぇ、同じ歳なんだからそういう話し方じゃなくて、もっと気軽な口調にしない？　只沼さんもいないし、二人きりなんだからさ」

二人きりという言葉に一瞬ドキッとした。けっして特別な意味などないとわかっているし、同じ歳なのに堅苦しい口調は面倒だと思っているだけだろう。なのに、只沼の不在という状況が拓朗を落ち着かない気分にさせる。だから、内心の動揺を気づかれることのないよう、思いっきり作り笑顔で答える。

「そうですね。じゃ、遠慮なく。ところで、わたしの……、あっ、いや、俺の起業の話とか興味あります？　退屈なら他の話でも……」

「聞かせてよ。興味あるな。野口さんって、なんかこの間から初めて会った気がしなくてさ」

それについてはあえて何も言わずに、拓朗はアメリカ時代の自分の話を続ける。

「正直なところ、旅行関係なんて興味もなかったし、起業なんて考えてもいなかった。ただ、大学二年のときに、ちょっとした小遣い稼ぎのつもりであることを始めてね」

最初にそれを思いついたときは、商売にするつもりさえなかった。ただ、思いのほか拓朗の周囲で評判になってしまい、勝手に商売が成り立ってしまっただけだ。

きっかけは一本のボールペン。同じ講義を受けている学生にちょっとペンを貸してほしいと言われ、自分の使っていた日本製の安いボールペンを貸してやった。すると、それがとても書きやすいと大仰なほど感激しているので、そのまま気前よくそれを譲ってやったのだ。

その学生が拓朗からもらったボールペンをあちらこちらで自慢して、口コミで日本製のペンはとても品質がいいと評判になった。

確かに、拓朗も大学のブックストアで文具を買って使ってはいたが、あらゆるものが日本の文具より質が劣る。ボールペン一つにしても、ペン先は無駄に太くインクが漏れ、グリップは硬く握りにくい。長時間レポートを書いていると指にタコができるくらいだった。

そんなものだと思って使っていればどうということもないし、そのうちパソコンでレポートは書くようになったから長時間ボールペンを持っていることもない。

　だが、授業中のメモを取ったり書類にサインをしたり、ペンの必要性がなくなることはない。それならば使い勝手のいいペンのほうがいいと、夏や冬の休暇に日本に帰国するたび自分の気に入ったペンやノートや修正液などを購入し、目新しく便利な文具を持って渡米した。すると、それらを見た学生の間で、拓朗の使っている文具がすっかり評判になったのだ。

　やがて、金を払ってもほしいという友人、知人が何人も現れて、そこで初めて商売を思いついたのだ。

「日本の友人に少しばかりの手数料を払ってまとめて文房具を送らせて、それを向こうの学生相手に売りさばいていた。けっこういい小遣い稼ぎになったな。一番いいときで、一ヶ月のアパートの家賃と食費がまるっと稼げたくらいだから」

「でも、それで起業はしなかったの？」

「大学にばれて、学生の本分と違うことをしていることと、ブックストアの商売を妨げているということで、三ヶ月の観察処分を喰《く》らったんでね。その商売はそれっきり」

　だが、それによって大学ではずいぶんと顔が売れた。通っていたのはウエストコーストの有名なエリート大学で、拓朗は奨学金をもらっていたが向こうでは裕福な家庭の出身者でなければ入学金も払えないような学校だった。

　友人知人の多くもまた経済的なゆとりのある連中ばかりで、夏や冬の休暇には海外にバカンスに出かけるのが当たり前だった。そして、当時の人気といえばメキシコやハワイでのリゾートが主流だった。

だが、極東の国である日本に対する興味も高まっている時期で、色々なジャンルに特化して日本を訪問したいと計画している連中も少なくなかった。

たとえば、富士山に登りたい、京都で寺に宿泊したい、温泉巡りをしたい、秋葉原で電化製品を買ってオタクの生態を見てみたいなどなど。今なら当たり前のコースだが、数年前にはアレンジや移動が面倒で、年配の旅行者は日本にきても東京と京都以外の場所に行くのは二の足を踏みがちだった。

また、日本は世界でも物価が高く、若者がバックパックで旅をするにはなかなか厳しい。もちろん、旅の途中でバイトをして金を稼ぐなどということも容易にはできない国だ。

「最初に相談を受けたのは大学の友人の一人で、親と一緒に日本にバカンスに行くが、現地での行動は完全に別にしたいと企《たくら》んでいたんだ。親は文化遺産を見て回りたいが、そいつはオタクだったんで連日秋葉原に入り浸りたい。そこで、俺が適当にアドバイスをして、日本の旅行社でアレンジのきくところを当たってやり、通訳もかねて交渉してやったのが始まりでね」

伊知也は拓朗の起業のきっかけを興味深そうに聞いている。その顔を見ていると、まんざら社交辞令だけで話を振ったわけではないようだ。

そのとき、レストランのウェイターが席の準備ができていると言いにきた。最初は三人で予約していたので、急遽二人席で落ち着く場所が空いていればそちらへ変更してほしいと伝えておいたのだ。それぞれ飲み干したマティーニのグラスを置いて、ウェイターの案内でテーブル席に移動する。

そして、席に着くなり伊知也は話の続きをせがむ。

「それで、どうしたの？」

「そこからはまた口コミでね。向こうの大学ってのは、案外同窓の意識が強い。同じキャンパスで学んでいれば、社会に出てからも仕事のうえで信頼関係を築きやすい。それに、さっきも言ったように、学生のうちに起業する者も少なくないし、それが成功すると思えば出資してくれる人間も出てくるんだ」

少し奥まった場所にある窓際の席に向かい合って座ると、メニューを眺めている伊知也に何がいいかたずねる。好き嫌いがあれば、先に伝えておくと食材を変更してもらうこともできる。だが、伊知也はすべて拓朗にまかせると言ってメニューを閉じたので、プリフィックスコースをワインペアリングで頼んだ。

この店は以前から接待に何度も使っていて、味もサービスも間違いがないので、好き嫌いさえなければすべてまかせておいていい。

「起業してからはすべて順調だった？」

「そうでもない。最初のうちはアパートの一室をオフィス代わりにして、同じ大学の日本人と共同経営の形で始めたんだけど、次から次へと問題が起きて大変だった」

こちらは学生の気楽な商売だが、日本の旅行代理店にしてみれば金銭が絡むビジネスだ。ときには学業に支障をきたすほどに仕事に追われ、試験で悲惨なマークを取ったこともある。また、客と日本の旅行者の双方からクレームを受けて、何度も匙《さじ》を投げそうになったこともあった。

それでも大学の卒業間近には、なんとなくビジネスらしくなってきていて、これをこのまま後輩の日本人の学生に権利を譲ってしまうのも惜しくなった。最初の共同経営者の日本人は、途中から他の大学にトランスファーしてしまったので、新たに留学してきた日本人に現地の経営をまかせることにした。

日本人留学生といっても、いざビジネスをまかせるとなると人材は選ばないと自分の首が絞まる。学業をこなしながら、ビジネスにも責任を持てるような後輩を二人見つけ、彼らを事業に引き込んだ。

現在現地の代理店にいるのはそのときに見つけた二人で、彼らは大学を卒業したのちも向こうで正式に「Discover J」の社員として採用した。

拓朗は日本に戻ってきて、貯《たくわ》えの他にアメリカで得たいくらかの出資金を元手にして現在のオフィスを構え、以後は年々ビジネスを大きくしてきたという経緯だった。

「すごいね。どんなことでもちゃんとビジネスに繋《つな》げることができるなんて、それも才能だね」

伊知也はお世辞とは思えない素直な口調で、感心したようにそう言った。

「運がよかったこともあるし、誰でもちょっとしたチャンスと勇気があればできると思うけど」

「そんなことないよ。運も実力のうちでしょう。チャンスを逃さなかったのも、勇気を持って踏み出したのも、やっぱりすごいと思うよ」

「親には無謀なだけだと言われたし、失敗して借金抱えて帰ってきても知らんからなと釘を刺されているよ」

前菜がきてそれに合わせた白ワインが注がれる。二人してカトラリーを手にして食事を始めてから、伊知也はふと思い立ったようにたずねる。

「ところで、野口さんってどこの出身？」

「東京。それも、思いっきり下町。父親が鉄工所を経営していて、本当は俺に継いでほしかったらしいんだけど、それがいやで高校のときから家から出ることばかり考えてたな」

そう言いながら、拓朗は高校時代の自分を思い出す。実家から逃げ出すといっても、地方都市の大学進学など考えもしなかった。もっと自由で広い場所に出て行きたかった。都内で生まれ育った拓朗にとって、そこよりも解放的な場所といえば海外しかなかったのだ。

「小島さんは……」

「伊知也でいいよ。苗字《みようじ》で呼ばれるのって慣れてないから」

「あっ、いや、でも……」

拓朗がちょっとばかり抵抗を感じていたのは、只沼の愛人に必要以上に馴《な》れ馴《な》れしい態度を取るのはどうかと思ったのだ。それでなくても、砕けた友達口調で話しているのも少しばかり奇妙な気分なのだ。

同じ高校に通っているときでさえ、こんなふうに会話したことがない。それなのに数年ぶりに再会し、奇妙な偶然が重なって二人で食事をしながら、旧友のように会話を交わしている。

そんな不思議な状況に、いつしか気持ちが混乱していたのかもしれない。拓朗はまったく意識することなく、伊知也自身のことをたずねてしまった。

「じゃ、伊知也さんはどうして……」

そこまで言いかけて、ハッとしたように口をつぐむ。

「どうして、何？」

「いや、その、どうして今夜会いにきてくれたのかと思って。只沼さんが不在なら、電話をもらえればそれでよかったんだけど。かえって面倒をかけたようで申し訳なくて……」

どうして只沼の愛人になったのかなどと訊けるわけもなく、咄嗟にそんな言葉でごまかした。伊知也は拓朗の言葉の不自然さに気づいたのかどうかわからないが、次に運ばれてきたショートパスタをおいしそうに食べながら微笑《ほほえ》む。

「洋一郎さんは電話して断るって言ったけど、俺が野口さんに会いたいって言ったの。だから、今夜のアポイントメントはキャンセルしないでって」

「そ、そうなの……?」

しどろもどろになっているのは、伊知也の言葉をどう受けとめたらいいかわからなかったからだ。だが、伊知也はにっこりと微笑んだかと思うと、突然奇妙なことを言う。

「野口さん、ちょっとあれ、見て」

いきなりテーブルの右側を指差されて、何かあるのだろうかとそちらに顔を向けた。だが、そこには他の客が食事をしているテーブル席が並んでいるだけで、取り立てて何があるわけでもない。知り合いらしき顔もない。奇妙に思った拓朗が首を傾げると、向かい側から伊知也のクスクスと小さな笑い声が聞こえてきた。

「えっ、な、何かな?」

「やっぱりね。どこかで聞いた名前だと思ったし、どこかで見た顔だと思った。でも、そのホクロで間違いないってわかったよ」

そう言われて、ハッとしたように拓朗は自分の左の耳の下あたりにあるホクロを手で押さえてしまった。

「俺たち、同級でしょう？　同じ高校だったよね？　ねぇ、野口拓朗くん」

確信を持ってそう言う伊知也に対して、しらばっくれていたことがばれてひどく気まずい思いもあったが、それ以上にわからないことがある。

「なんで、俺のことを……？　いや、それよりホクロって……？」

「すごく雰囲気が変わっていて、格好良くなっていたから驚いたよ。本当に、そのホクロを見るまで確信が持てなかったくらい。でも、こうして見ていると、やっぱりそうだよね。まいったな。こんな再会するなんて、懐かしいけどちょっと照れちゃうね」

ショートパスタを食べ終えて、次の料理がくるまでワインを飲んでいる伊知也はまるで照れた様子もなく、むしろあっけらかんとそんなことを言う。

拓朗にしてみれば、照れるどころかすっかり困惑してしまい、この事態をどう頭の中で整理したらいいのかわからなくなっていた。

ただ、高校の頃には声さえかけられない存在だった伊知也が、目の前で笑っているのだ。目の前の笑顔がいやになるくらい眩《まぶ》しい。だから、たまらず拓朗もまたワイングラスを手にすると、そこに残っていた赤ワインを一気に飲み干してしまうのだった。

◆◆

「それにしても、人生っておもしろいよね。高校のときの同級生が片や起業して社長で、片や愛人生活だもんね」

伊知也はそう言って眼下の夜景を見下ろしている。

食事のあと、彼にねだられるまま都内のホテルの高層階にあるバーにきていた。以前にも只沼と一緒にきたバーだ。伊知也は今夜も楽しそうに夜景を見下ろしている。

拓朗といえば、もう自分たちが高校の同級だとばれてしまったら、すっかり開き直った気分だった。ここでもワインを飲みながら、窓のほうを見ている伊知也の横顔に向かってたずねる。

「なんでホクロのことを知っていたんだ?」

その声色は、大切な取引相手の愛人ということもどうでもよくなってしまったかのように硬いものだった。伊知也のほうは相変わらずどこをどう打ってもふわふわとして、響いて返ってくるようなものはない。どこまでもつかみどころがなく、柔らかい笑顔を浮かべたまま言う。

「さて、なんででしょう?」

高校の頃は、こんなふうに人を喰ったような態度を取る人間ではなかったはず。素直で優しい性格がそのまま表情に出ている印象だったが、やっぱり十年の月日は人を変えるのに充分な年月だったということだ。そう思うと急に遠慮など馬鹿馬鹿しい気分になってしまい、拓朗はずっと気になっていたことをズバリたずねてみる。

「なんで愛人なんかやっているんだ？」

「いろいろとあってね。気がついたらこうなってたって感じ」

彼が言ういろいろというのは、おおよそ思い当たる。つい先日、電話で話した信田から聞いたことだ。

「あの、ご両親が事故で亡くなったとか……」

さすがに、その言葉は神妙な声色で口にした。

「あれ、なんで知ってるの？　誰かから聞いた？」

誰かとは言わず、拓朗はただ黙って頷《うなず》いた。伊知也は少し寂しそうな表情をしたものの、すぐに諦めの笑みを浮かべていた。

「大変だったと思うけど、それでいいと思っているのか？　そういう生活に満足しているわけ？」

どんなに人生が苦しくても、愛人という立場に甘んじている彼の生き方に疑問を感じざるを得ない。そんな拓朗の気持ちを察したかのように伊知也はどこか自嘲的《じちょうてき》な笑みを浮かべて言う。

「洋一郎さん、優しいんだよ。それに俺、一人でいるのが嫌いなの。だから、愛人生活って案外気に入ってるんだよね」

「本当にそれだけ？」

「どういう意味？」

親を亡くした伊知也が寂しいのも、只沼が優しいのも本当だとわかる。けれど、それだけで愛人としての暮らしに満足しているとは思えないのだ。それとも、それは拓朗の勝手な思い込みで、本当に伊知也は只沼との生活に心から満足しているのだろうか。

「いや、どういう意味でもないけど……」

もしかしたら、愛人として日常の生活を面倒見てもらっているだけでなく、親を亡くしたことにより抱えた借金か何かの肩代わりでもしてもらっているのではないかと想像したのだ。そうでなければ、わざわざ「愛人」と名乗る意味がない。ただ単に好きでつき合っているなら、「恋人」と名乗ってもいいはずだ。

そのことを遠回しにたずねると、伊知也は俯《うつむ》き加減の拓朗の顔をのぞき込むようにして、珍しく周囲に聞こえないよう小声で言った。

「長く別居生活が続いているといっても、洋一郎さんはまだ離婚していないからね」

いくら好き同士であっても、既婚者との関係であるかぎり「愛人」としか名乗れないということらしい。そこまで納得しているなら、これ以上拓朗がとやかく言える立場でもない。

黙り込んでしまった拓朗に、伊知也が思い立ったように話題を変える。

「ねぇ、実家は出ているんでしょ？　今はどこに住んでるの？」

拓朗は自分のオフィスからそう遠くない場所にあるマンションだと話した。マンション名を聞かれて教えると、伊知也はそこが高層マンションだと知っていた。

「何階？」

「十一階だけど」

「へぇ、いいな。それなら夜景がよく見えるよね。洋一郎さんのところは住宅街の戸建だからな。あの人、庭いじりが趣味だから、マンションには移れないって言うんだよね。でも、俺はあの家はあんまり好きじゃない。広すぎてかえって落ち着かないから」

只沼は海外での暮らしが長く、いつも庭つきの家で生活してきて、緑がないと落ち着かないと言っているのは聞いたことがある。都内の家も長い北米暮らしを終えて帰国したとき、一家で住める庭つきの物件を探して購入したが、皮肉なことに一年もしないうちに妻は娘を連れてハワイへ移住してしまったのだ。

彼の妻は日本への帰国を望んでいなかったことと、娘の教育を英語圏で受けさせたかったことがその理由だと聞いている。だが、すでに只沼との関係が冷え切っていて、一緒に暮らしている意味などないというのが本音なのだろう。

只沼のほうも女性に対してこだわりがあるわけでなく、今となっては伊知也のような美青年を囲って気ままに暮らすことのほうが楽しいに違いない。そして、伊知也はそんな只沼のそばで寂しい思いをすることも、生活の心配をする必要もなく暮らしていける。

互いがよかれと思って身を寄せ合っているのだから、他人が口を挟む余地などどこにもない。思いがけず初恋の相手と再会したけれど、ずっと寄せていた気持ちは結局どこへも行き場がないと思い知らされた。

いっそ彼が只沼の会社の社員で、ごく当たり前に結婚をして子どもの一人でも作っていてくれたなら、偶然の再会にもここまで心乱されることはなかっただろう。そして、自分の遠い日の初恋に完全に終止符を打てたかもしれない。けれど、同性に囲われていることを思うと、ひどくやるせなくて、切ない気持ちが募るばかり。

初恋というのは本当に厄介だ。そして、運命というのはどこまでも意地が悪い。日々の生活で、常に二、三の懸案事項はあったとしても、仕事が順調で人生に大きな波風がないことに満足して過ごしていた。なのに、伊知也に再会してからというもの、拓朗の心は仕事以外のことにこんなにも煩わされている。

「なんだか眠くなってきちゃった。今夜は泊まっていこうかな」

伊知也がワイングラスを置いて言う。このホテルは只沼がよく使っているので、彼の名前を出せば部屋はすぐに用意してもらえるのだろう。只沼も愛人のわがままや贅沢に口うるさいことを言うはずもなく、それくらいの経済的なゆとりはある男だ。

けれど、伊知也がホテルに泊まっていくのは、ワインを飲みすぎて眠くなったからだけじゃない気がした。只沼が家族と住んでいた広い家にいて、たった一人で過ごす夜が寂しいから帰りたくないのかもしれない。

「部屋を頼んでこようか？」

一応接待をした立場として、最後まで面倒を見なければならないと思い言った。伊知也は気《け》だるそうに頷いている。拓朗がソファから立ち上がり、伊知也の横を通ろうとしたときだった。いきなり拓朗の手を握ってきたかと思うと、上目遣いの視線でたずねる。

「ねぇ、洋一郎さんもいないし、野口くんも一緒に泊まっていく？」

甘い声であからさまな誘い言葉を投げかけられ、拓朗が一瞬頬を強張《こわば》らせる。

（おいおい、いいのか？　愛人が浮気かよ……）

酔って少しだらしなくなった伊知也の妖《あや》しげな表情に、心臓が痛いほど速く打ちはじめる。愛人になるような人間だから、そういう節操のない真似もできるのだろうか。だが、伊知也には浮気でも、拓朗にとってはそれではすまなくなりそうで怖い。

手を握ったままソファから立ち上がった伊知也は、すぐ目の前に立って拓朗の首筋にふっと息をかける。ホクロにその微《かす》かな吐息がかかったとき、理性の堅い鍵が外れそうになる。

だが次の瞬間、伊知也の表情が屈託のない笑顔に変わった。

「なぁんてね。冗談だよ」

それは笑えない、あまりにもタチの悪い冗談だった。拓朗は白い指先に握られていた手を少しばかり乱暴に振り解《ほど》き、未だに妖しげな空気をまとう伊知也の体を引き離す。

「おまえさ……」

思わず「おまえ」呼ばわりしてしまい、しまったと思ったがもうどうでもいい。只沼のいない今夜、彼と自分はただの同級生ということにしておこう。伊知也もそのつもりなのか、物憂い表情で小首を傾げる。

「俺がなぁに?」

「俺も変わったかもしれないが、おまえも変わったよな。昔はもっと……」

見ているだけで癒される天使のような存在だった。今は見ているだけで心が妖しく騒ぐ、小悪魔のような存在になってしまった。すると、伊知也は本当に小悪魔っぽい魔性の笑みとともに肩を竦《すく》めてみせた。

「変わってないよ。あの頃は猫を被《かぶ》っていただけ。俺って、もともとこういう人間だもの」

甘酸っぱい初恋の思い出をズタズタにしてくれる一言だった。それでも、伊知也はやっぱり伊知也なのだ。あの頃と変わらず視線を持っていかれて、どんな表情でも見つめていたいと思ってしまう。

彼という存在は拓朗の心を惹《ひ》きつけてやまず、自分の初恋は未だ終わっていないと思い知らされた夜だった。

『うっ、んん……っ。ねぇ、触ってよ……』

淫《みだ》らな喘《あえ》ぎ声が拓朗の心を騒がせる。本当にいいんだろうか。目の前にはある裸体は女性のものとは違うけれど、見るからに白く肌理《きめ》が細かくすべらかそうだ。触れてみたいという衝動と同時に、触れてしまったらもう引き返せなくなるという歯止めが心にかかる。

仕事のこと、只沼との信頼関係、これからの自分の人生、そして両親の顔までが脳裏に過ぎっていった。

『ねぇ、早く。俺のこと嫌いじゃないでしょ？　本当はずっと好きだったんでしょう？』

なぜだかわからないが、心の内をすっかり見透かされている。だったら、ここで己を懸命に戒めても意味などないような気もした。それに、ずっと触れたかった体だったじゃないかと、理性を簡単に捨てようとするもう一人の自分が拓朗の耳元で囁《ささや》いていた。

（そうだよな。これは据え膳《ぜん》だ。誘ったのはこいつのほうだし……）

ずるい言い訳を頭の中に並べながら、そっと手を伸ばしその平らな胸に触れようとする。その瞬間だった。誰かの手が拓朗の肩にかかる。驚いて振り返ると、そこには呆れた顔の只沼が立っていた。彼は小さく首を横に振って拓朗に言う。

『伊知也は君の手には負えないよ』

いつか聞いたその言葉に、拓朗はわけのわからない悔しさを覚えて伸ばしかけていた手を強く握り締める。そして、もう一度前を見てそこにいる伊知也に向かって叫んだ。

『なんでだよ。なんで、いまさら俺の前に現れたんだよっ』

八つ当たりでしかない叫び声に、驚いた伊知也がなぜか泣きそうな顔で身を起こす。そして、ベッドを飛び下りた彼は只沼のところへ駆けていき、その胸に飛び込もうとしていた。

『おいっ、行くなよっ。俺は、俺は……』

俺はなんだと言いたいんだろう。でも、伊知也が自分から逃げていくのがいやだ。只沼の胸に駆け込んでいくのを見たくない。

『どうしてだよっ。どうしてなんだよ……』

拓朗のほうこそ泣きたい気持ちでそう呟いたとき、パチッと目が開いた。薄ぼんやりとした視界がやがてはっきりと自分の部屋の見慣れた天井を映す。

「うわ、最悪……っ」

思わず両手で顔を覆ってそう呟くとともに起き上がると、ひどく寝汗をかいていることに気がついた。深層心理を映し出す夢は嘘をつかない。つまり、自分は伊知也にそういう欲求を持っているということだ。

朝っぱらから生々しい現実を叩きつけられ、いやな感じになっている下半身を見ればどうしようもなく恨めしい気持ちになった。こんなあさましい欲望を隠し持っている自分は、昨夜の伊知也の人を喰ったような態度を責める権利などない。

梅雨が明けてもいないというのに、ブラインドを上げれば自分の心とは裏腹に晴天だ。拓朗はベッドから下りると、熱めのシャワーですっきりしようとバスルームに向かう。

いつもより時間は早いが、早朝出勤しても今はシーズン直前で仕事ならいくらでもある。こんなときは仕事に没頭しているほうが気持ちも楽というものだ。

伊知也のことでいくら悩んでも仕方がない。初恋の相手とはいえ今の彼は只沼の愛人だ。そして、只沼は拓朗にとっては大切な取引相手なのだ。手も足も出ないというか、出せないというのが現実だ。

それに、伊知也は拓朗のことなどなんとも思っていない。昨夜のあの言い草だって、高校の同級だった拓朗をからかっただけ。そもそも顔を見てぼんやりと記憶を探っていたくらいで、名前を聞いてもいまいちピンとこなかったのだから。

ただ、一つだけ奇妙なことがあった。

(なんでホクロだ……?)

シャワーを浴びながら壁の鏡に自分の横顔を映してみる。左の耳の下から五、六センチのところにホクロがある。あることは知っているが、普段自分で意識することはない。風呂上がりに皮膚乾燥を防ぐためのフェイスローションを叩くとき、たまに指先に触れて思い出す程度のものだ。

それを伊知也はちゃんと知っていて、そのホクロで拓朗が高校の同級である「野口拓朗」だとわかったと言ったのだ。

高校時代に伊知也とはろくに会話すらしたことがないというのに、彼が自分のホクロの位置を覚えていた理由がわからない。あるいは、最初から拓朗のことに気づいていながら知らないふりをしていて、わざとあんな小芝居をしたのかもしれない。昔の彼なら想像できないが、今の伊知也ならああやって人を惑わせているだけの愉快犯ということもありうる。

だが、そんな真似をしてどれほど楽しめたというのだろう。だったら、最初から自分たちが同級でなかったか確かめて、只沼にそれを言えばちょっとした話題になっただろう。

いくら考えても彼の真意がわからない。わからないことに悩んでいるほど今は暇じゃない。

拓朗はバスルームを出ると、いつもどおり身支度を整えて部屋を出る。

途中のカフェでマフィンを買ってオフィスに着くと、今日は一番乗りだった。金子もまだきていないので、自分でコーヒーの準備をして、愛用しているマグカップにたっぷり注ぎ自分の個室に戻る。個室といっても、パーテーションの上半分は硝子《ガラス》張りになっているので閉《へい》塞感《そくかん》もないし、大部屋のスタッフの様子もよく見える。

自分の席に着いてマフィンを食べながらパソコンを立ち上げて、メールチェックから始める。最初に目に飛び込んできたのは、只沼からのメールだ。昨日の午後渡米して、現地に入るなりすぐに合弁のための打ち合わせに入ったらしい。

その合間に拓朗にくれた一報によると、合弁の話はまだまだ不確定要素は多いものの、今のところうまく進んでいるらしい。話がまとまれば、帰国次第例の件についてあらためて検討してみてもいいとの内容だった。

時差があっても、むしろそれをうまく利用するくらいでなければビジネスはできない。只沼はさすがにベテランだけあってチャンスを前にしたら、判断も行動も早い。この瞬発力が実は日本人に一番欠けている部分じゃないかと、拓朗はかねてから思っていた。そういう意味でもやっぱり只沼は自分にとって見習うべき先達であり、ビジネスパートナーなのだ。

その日の午前中は社内で各部署の担当者を集め、只沼の会社との新たな契約が締結したのちのビジネスモデルについて打ち合わせをした。向こうの了解を取り付けたなら、即座にそれを売りにして顧客にアピールし、この夏の売り上げの増強に繋げていきたい。

夏は特に気候のいい北海道へのツアーや、世界でも有数の海の美しさと魚の種類の豊富さでダイバーを魅了する沖縄へのツアーが増える。ＬＣＣの手配数も一年で一番多いので、只沼との話は一刻も早く詰めたいところだった。

打ち合わせのあとには、現地の代理店にメールを打ってこちらの方針を伝えておく。午後は個々の細かい顧客からの要望に応じた手配のため、拓朗自ら国内の関係団体や宿泊施設などに連絡を取る。

初めて日本を訪問する観光客なら月並みなツアーコースを組んでおくだけでも喜ばれるが、二度目、三度目となると、観光客とはいえその要求はどんどん複雑になっていく。

北米の某大学の教授から、日本の古書店を回って昭和初期の英米文学の翻訳本を集めたいという要望を受けたこともあれば、大相撲の大ファンという夫婦から相撲部屋を訪ねてみたいと言われることもあった。また、日本酒が大好きで酒造りの現場を見てみたいとか、富士山でパラグライディングをしたいなどというリクエストを受けることもある。

そういう要望を出す客はもちろんその世界に強い興味を持っていて、それなりに研究やトレーニングをしてきているので適当なアレンジではごまかしがきかない。一つ一つがオリジナルプランになって手数もかかる。だが、そういう要望に逐一丁寧に応えてきたからこそ口コミで評判が広がり、ビジネスをここまでの規模にすることができたのだ。

他の旅行代理店とは違う部分を明確にして、「Discover J」にしかできないことを提供する。それが、他社との競争が厳しい業界で生き延びるために必要不可欠な条件だった。

そして、いつもと変わらぬ慌しい一日が過ぎて、その日の午後四時過ぎに拓朗はデスクを立った。早朝出勤したので、今日の仕事はすべて片付けてある。

「社長、お帰りですか?」

今日は珍しく遅めに出勤してきた金子に声をかけられる。

「ちょっと野暮用があってね」

「もしかして、デートですか？　珍しいなぁ。っていうか、社長、彼女いましたっけ？」

　仕事以外の話題では、社員の誰もがこれくらいの軽口を平気で社長の拓朗に向かって叩く。皆年齢が近いので、そのあたりの気兼ねはあまりない。

「そんなんじゃないよ。ちょっと実家に顔を出してくるだけだ」

　拓朗は日本に戻ってから特定の相手と関係を持っていない。ゲイであることを隠し立てするつもりはないが、わざわざ吹聴《ふいちょう》して回る気もない。ただ、アメリカにいた頃と違い、気軽に遊ぶ気も起きなければ、とにかく仕事に追われるばかりの日々だったのだ。

「なんだ。社長もいよいよいい人ができて、身を固めるのかと思ったのに」

「俺が身を固めても、たいしてめでたくもなければ誰も得しないだろう。よけいな心配してないで、自分のほうこそさっさと彼女にプロポーズしてやれよ」

「俺はまだまだですよ。彼女もこの先どこへ飛ばされるかわからないって言ってますしね。しばらくは同棲が一番気楽です」

　金子の彼女は彼と同じ歳でリテイリングカンパニーの海外事業部に勤務している。なので、いつ海外赴任を言い渡されるともかぎらない。そうなったとき結婚に踏み切るのか、それとも別の道を歩むのか、二人の間ではまだ結論が出ていないらしい。

　どんな結論を出すにしてもそれは彼らの問題だが、身勝手なことを言うなら金子が彼女の赴任先についていき、「Discover J」を退社しないでほしいというのが拓朗の本音だった。

若くても機転が利き、判断力と決断力がありながら人のサポートに徹することも知っている。さらには、日本と北米のビジネスを肌身で理解している。こういう人材を新たに見出《みいだ》してくるのはなかなか難しいだろう。

「只沼さんからのメールが入ったら、すぐにそっちにも転送するから。とりあえず、あとは頼むな」

それだけ言うと、拓朗はオフィスを出てビルの前でタクシーを捜した。だが、すぐに気が変わって近くの地下鉄の駅に向かう。実家の前にタクシーで乗りつけたのが見つかったら、また父親に嫌味を言われる。

拓朗にしてみれば時間ほど貴重なものはなく、ときにはそれを金で買うことも厭《いと》わないのはあくまでもものごとを合理的に考えているからだ。だが、父親の世代にしてみれば、若造がタクシーを足代わりに乗り回しているなんて百年早いと思っている。

父親の嫌味に怯《ひる》むつもりはないが、今日は時間がないわけでもない。それなら地下鉄で行って、駅前からブラブラ歩きながら商店街で手土産の一つも買っていけばいいだろう。

唐突に実家を訪問する気になったのは、他でもない。今朝シャワーを浴びてから身支度をしているとき、拓朗の携帯電話に母親から連絡が入ったのだ。

『今月の初めに父さんが風邪をひいたんだけど、すっかり熱も下がってよくなったはずなのに、ずっと咳《せき》が止まらないのよ』

心配だから医者に行ってくれればと言っても、父親は咳くらい放っておけば治ると言い張っているらしい。それを拓朗の口から宥《なだ》めて、病院へ行くように諭してほしいという母親の頼みの電話だった。

帰国してからというもの、一ヶ月に一度くらいは必ず母親からの電話が入る。要するに、実家に顔を見せにこいと言っているだけで、本当は父親の咳など取ってつけたような理由でしかないのだ。

拓朗としても十八から渡米して約五年近く日本を離れ、帰国してからも同じ都内でありながら仕事にかまけて実家に足が遠のきがちなのは気にしていないでもない。

時間を見つけては帰ろうと思いながらも仕事に追われていれば、それもつい後回しになってしまう。そんな拓朗の性格を重々わかっている母親だから、わざわざこんな回りくどい方法を使うのだ。

拓朗は実家の最寄り駅の改札を出て、馴染みの商店街にあるケーキ屋で母親のためにシュークリームを買い、酒屋で父親の好きな「玉乃光」の一升瓶《いっしょうびん》を買った。ご機嫌うかがいの品を揃《そろ》えて実家の前までくると、半分閉じられたシャッターを潜って年配の男が一人出てきた。

「社長、大丈夫だよ。あとは仕上げだけだ。今日中に上げるから、ちょっと一服させてくれよ」

ごま塩頭の男は、首にかけたタオルで顔の汗を拭《ぬぐ》いながらシャッターの奥に向かってそう言った。それからおもむろにタバコを銜《くわ》え、作業着の胸ポケットを探り百円ライターを取り出した。

「梅原《うめはら》さん、タバコはやめたんじゃないの？」

拓朗が声をかける。すると、男はハッとしたようにこちらを見て苦笑いを漏らしている。

「おやおや、親不孝者の坊ちゃんのお帰りかい。また社長の血圧と脈拍が上がって大変なことになりそうだ」

「なりませんよ。それより、梅原さんのほうこそちゃんと体を労《いた》わっています？　半年前みたいにいきなりバタンってのは勘弁してくださいよ」

梅原は拓朗がまだ子どもの頃からずっと実家の父の経営する町工場にいる人で、今年で六十三歳になるはず。本当ならすでに定年の歳だが、父親が拝み倒して工場に残ってもらっているベテランの金型職人だ。

彼の職人技は、この東京の下町の片隅にある工場に産業スパイを呼ぶほどだという噂がある。コメディ映画や都市伝説でもあるまいしと思っていたが、それは嘘でも冗談でもなかった。事実、彼の技術を求めて正式に技術指導にきてほしいという東南アジアの某国からのオファーが何度もあったという。

梅原は生まれも育ちも東京の下町で、外国なんかに住めないという理由でそれらの誘いを断ってきた。だが、長年働いてきた工場で、最後まで勤め上げてやろうという律儀な一面があるのも事実だろう。

「ウメさんには頭が上がらない」と父親が言っているのを、拓朗も普段から耳にしていた。なので、半年前に軽い不整脈で倒れたときは家族も工場も大慌てしたものだ。

今はすっかり元気になって、タバコに火をつけるとうまそうに煙を吐いて言う。

「以前は一日一箱だったのが、今じゃ一日五本だ。これくらい目ぇつぶってやってくれよ。生きている楽しみがなくなっちまわぁ」

いかにも下町の親父らしい口調で言うので、拓朗も頷くしかなくなる。だが、彼がタバコよりも好きなものを拓朗はちゃんと知っている。

「それより、これ買ってきたんで、仕事上がりに親父と一杯やっていってくださいよ」

拓朗が片手に持っていた「玉乃光」を見せると、途端に笑顔になりタバコの火を消してポケット灰皿に入れる。そそくさと仕事に戻っていくのを見れば、梅原の中では相変わらずタバコより酒が勝るらしい。以前ほどは飲めないというが、それでも仕事上がりの楽しみを奪うことは誰にもできないだろう。

梅原への挨拶のあと工場裏に建つ実家に行き、玄関で一声かけて靴を脱いでいると母親がエプロンで手を拭《ふ》きながら台所から出てくる。

「あら、きてくれたの。忙しいんじゃなかったの？」

自分のほうからきてほしいと電話を寄こしておきながら、いざ訪ねてくればこの言い草だ。母親のあっけらかんとした性格はよくわかっているつもりだが、まんまとはめられた気がして軽くイラッとさせられるが、これもまた毎度のことだ。

「父さんの具合どう？　病院に行ったのか？」

母親が出してくれたスリッパを履きながらたずねる。

「俺の具合がなんだって？　なんで病院なんか行かなけりゃならないんだよ」

背後からいきなりダミ声が聞こえてきて振り返ると、仕事を終えた父親がすでに脱いだ作業着の上着を片手に立っていた。まだ六十前だが、若い頃からしわがれた声と気難しそうな眉間《みけん》の皺《しわ》のせいで老けて見られていたという。母親はそういう苦みばしった雰囲気に惚《ほ》れたと言っているが、相変わらず渋みのきいた下町の親父の風情だ。

自分の知っているビジネスの世界の五十代といえばまず只沼が思い浮かぶが、父親と彼とでは何から何まで違っている。それでも、どちらもこの日本を支えてきた五十代には違いない。

ただ不思議なのは、この下町親父と能天気母さんの間になぜ自分のような子どもができたのかということだ。社交的でもなければ楽天的でもない。どちらかといえば小心でやや神経質だろう。そのくせ野心はあって、負けず嫌い。負けず嫌いは父親に似ていないでもないが、その方向がなんとなく違っている気がする。

こんな親子だから、顔を合わせても会話はいつもどこかつっけんどんでけんか腰だ。

「咳が止まらないって聞いたけど、大丈夫なのかよ?」

「咳? そんなもん……っ。ぐふっ、げふっ」

なんでもないと言いかけたのだろうが、いきなり咳《せ》き込んでいる。

「親父、病院行けよ。それ、多分風邪とは別のウィルスかなんかだ。抗生物質と咳止めもらってきたら、一日でよくなる」

「いやなこった。医者の顔なんか見たら、それこそ具合が悪くなっちまう」

父親は子どものように医者嫌いだ。拓朗は内心舌打ちをしたものの、正攻法が通じる相手ではないことはわかっているから意地の悪い笑みを浮かべて言ってやる。

「そうか。だったら、残念だがこいつはお預けだな」

買ってきたばかりの「玉乃光」の一升瓶を一度見せてから、素早く引っ込める。父親は一瞬目を輝かせたが、拓朗から母親の手に渡されるそれを恨めしげに睨《にら》んでいた。

「明日病院へ行くなら、今晩は梅原さんとこれで一杯やってもいいわよ」

母親も父親の扱いをよくわかっている。父親はふて腐れた顔をして、廊下をドスドスと大きな足音を立てて風呂場に向かいながら吐き捨てる。

「チクショー。病院くらい行ってやらぁ」

母親と顔を見合わせて苦笑を漏らした拓朗は、あらためて促されリビングへ入る。十八歳まで住んでいた家だが、渡米していたときは年間で合計しても一ヶ月ほどしか帰省していなかった。帰国して自立してからは一ヶ月に一度程度は顔を見せても、近さゆえに泊まることもない。

今ではすっかり両親二人の家になっていて、拓朗が使っていた部屋は母親の趣味のキルト手芸の道具と作品に埋め尽くされている。

「ウメさんがきたら、すぐにご飯にするからね」

梅原はすでに奥さんに先立たれて一人暮らしなので、よくここで夕飯を食べていく。娘夫婦は近県に住んでいるが、何度同居を誘われても断っている。体が元気なうちは仕事を続けて、気兼ねなく一人暮らしをしたいのだそうだ。

父親としても定年を迎える梅原に頼み込んで工場に残ってもらっているので、こうしてしょっちゅう食事に誘う。だが、もともと気の合う兄弟のような二人でもある。そして、母親は大勢で食事をするのが好きで、夕食の席が賑《にぎ》やかなのは常に歓迎なのだ。

父親が風呂から上がり、梅原も仕事を終えてやってきて、拓朗も交えて夕飯の席に着く。昔ながらの四角い大きな座卓に料理が並べられ、父親と梅原はさっさと一杯始めていた。

「ところで、坊ちゃん。会社はどうだ？　うまくやってんのか？」

梅原に聞かれて、拓朗は母親の作ったキュウリと蛸《たこ》の酢の物に箸を伸ばしながら答える。

「まぁ、なんとか社員を食べさせていける程度には」

「やれやれ、生意気なこった。社員を喰わせるだってよ。すっかり社長気取りだ」

父親が拓朗の言葉に鼻白んだ様子で吐き捨てるので、こっちも開き直ったように言い返す。

「気取りじゃなくて、社長だよ」

「で、その社長さんはまだ結婚しないのか？　孫を見せてやれよ、こっちの社長さんにもよ」

梅原が父親を顎《あご》で指しながら拓朗に言う。彼はもう二人の孫がいて、毎月の給料から孫にちょっとしたオモチャを買ってやるのが楽しみなのだ。

だが、拓朗の両親はおそらく孫の顔を見ることはないだろう。正直に自分の性的指向を話しても、親を無駄に困惑させるだけだ。だったら、仕事にかまけて婚期を逃した「親不孝者」のままでいようと思っている。

「向こうで別れた恋人以上の人が見つかったら、考えてもいいかなと思うけど。まぁ、仕事が忙しいし、当分ないですよ」

アメリカでは金髪で青い目の彼女がいたが、日本では暮らせないとプロポーズを断られたことにしている。一から十まで作り話だが、あと三、四年はこの嘘の失恋話でお茶を濁しておこうと思っていた。

現実には、自分の身の回りに色っぽい話など皆無だ。工場を継いでほしいと願っていた父親の期待を裏切ったあげく孫さえも抱かせてやれない。だったら、せめて社会で一人前の仕事をしなければと思いがむしゃらに働いてきたけれど、ここのところ仕事以外のことに自分の気持ちが揺らいでいる。

伊知也と再会してからというもの、長く心の中に封じ込めてきたものがチクチクとこの胸を刺激する。初恋がこれほど厄介なものだとは思ってもいなかった。

いや、本当はわかっていたはずだ。アメリカで恋愛関係になる相手がもれなく伊知也に似ているところがあるというだけで、自分がどれほど彼への思いに縛られたままなのかは明白だった。ただ、こんな再会をするとは思っていなかっただけ。

「もう青い目でも、バツイチでも、女でも男でもいいわよ。好きな人がいたら連れてらっしゃいよ」

母親がいつもの能天気さでそんなことを言う。内心ぎょっとしたが、笑ってごまかすしかない。そして、すでにいい気分で酔いはじめている父親と梅原は膝《ひざ》を叩いてゲラゲラ笑っている。

「いや、母さん、男は駄目だろ、男はよ」

「そうそう。それじゃ孫ができないから駄目だ」

「あら、それはそうよねぇ。あたしったら、ついつい焦って妙なことを言っちゃったわ」

母親も叩いた両手を口元に持っていって大笑いをしている。

本当は笑い事じゃないが、とりあえず拓朗も笑っているしかない。そして、明後日の方向を向くと、グラスに入っていた「玉乃光」を一気に飲み干した。

◆◆

実家に顔を出してから数日が過ぎた。そろそろ只沼が帰国するかと待ち構えていたが、合弁の話が大詰めになってから細かい条件で双方の攻防が続いているらしい。

少しでも有利な条件でこの話を締結させたいのはお互い様で、ここが交渉力のみせどころだ。只沼は北米の大学を出て向こうでの暮らしも長いので、いわゆる「ノー」と言える日本人だ。最後の最後まで妥協をせずギリギリのところで戦っているのだろう。

その結果によって拓朗の会社にも大きな影響をもたらすので、やきもきした気持ちで只沼からの連絡を待つ日々だった。そして、ようやく連絡がきたと思いオフィスで電話を取れば、受話器の向こうから聞こえてきたのはどこかのんびりとした緊張感のない声だった。

『もしもし、誰だかわかる?』

ナンバーディスプレイは只沼の会社の代表番号だ。なのに、その声は友達にかけてきたかのように馴れ馴れしい伊知也のものだった。

只沼からの連絡を首を長くして待っているときに、その愛人から電話をもらってどう対応すればいいのだろう。どうせ愛人の伊知也は只沼の仕事の内容など知っているはずもない。とはいえ、無下に電話を叩き切ることもできない。すると、拓朗が誰だかわかっていないと思ったのか、明るい声で自ら名乗る。

「伊知也だけど、元気にしてる？　この間はご馳走《ちそう》様。それと、部屋まで送ってくれてありがとうね」

部屋までといっても、ホテルで急遽取った部屋の入り口まで眠そうな伊知也に付き添ってやっただけだ。拓朗は気を取り直し、あえて冷静な声で答える。

「仕事のうちなんで、気にしないでくれ。それより、只沼さんから何か伝言でも？」

『それはないよ。俺が個人的に電話しただけ。駄目だった？』

拓朗の言葉があまりにも素っ気なく響いたのか、電話の向こうで伊知也の声が沈むのが感じられた。途端に、突き放した態度を取った自分の心の狭さを恥じるように、柔らかい口調になってしまう。

「あっ、い、いや、駄目じゃないけど……」

そう言いながら、オフィスの社長室で電話を受けていた拓朗は一度立ち上がって、いつもは開けっ放しのドアをさりげなく閉めた。

なんとなく腰砕けのようになっている会話を、オフィスの者に聞かれたくはなかったからだ。

「で、何か用かな？」

『同窓会のハガキがきてたんだけど……』

今は只沼の家で愛人暮らしをしている伊知也のところにも、ちゃんとハガキは届いていたらしい。同窓会といっても同じクラスで集まるのではなく、今回は都内のホテルのバンケットルームを借りて、同じ学年が一堂に集まる会らしい。だが、信田にも言ったように拓朗に参加の意思はない。

「仕事が忙しくて欠席の予定だけど、そっちは行くのか？」

伊知也が行けば喜ぶ連中は少なくないだろう。だが、中には信田や自分のように大学に進学したのちの彼のことを知っている者もいる。噂のすべてが本当でないにしろ、今の伊知也が参加して楽しい行事とも思えないが、いずれにしても彼が決めることだから拓朗は口出しするつもりはない。

だが、拓朗の返事を聞いた伊知也は、なぜかホッとしたような声で言う。

『そっか。野口くんが行かないなら、俺も欠席する。会いたい人には個人的に会えばいいしね』

伊知也の口からそんな言葉を聞くのはなんとも奇妙でいて、少し可哀想《かわいそう》な気もした。自分や信田のように勉強一筋の暗い高校時代を送った人間には、同窓会など厄介で面倒な行事でしかない。いまさら顔を合わせて懐かしむことなど何もないのだ。だが、伊知也のように楽しい高校時代を送った人間にしてみれば、当時仲良くしていた連中と会って、思い出話の一つもしたいと思うのが普通だろう。

けれど、伊知也は拓朗が行かないなら自分も行かないという。多分、それは拓朗が行かないとわかっていて電話でたずね、自分も参加しない理由にしたかったのではないだろうか。

きっと彼は行きたくても行けないのだ。親しくしていた連中から何をしているか訊かれたら、答えに困るだろう。あるいは、噂を聞いた誰かから心無い言葉を聞かされないともかぎらない。

「で、それを聞くためにわざわざ電話してきたのか？」

両親を不慮の事故で失って、思いがけず苦労を強いられた彼に同情はしても、只沼の愛人だと思うと拓朗もつい彼に冷たく当たってしまう。こんな感情の裏に嫉妬《しっと》が隠れていることを知っているから、それを取り繕おうとしてよけいにつっけんどんな態度と口調になってしまうのだ。

『それもあるけど、また会いたいなって思ってさ』

いきなりそう言われたら、返す言葉に困る。それは、只沼からなんらかの意向を受けてのことなのか、あくまでも伊知也の個人的な思いなのか推し量れないところがあるからだ。そして、前者ならこれも仕事のうちで断るべきではないし、後者なら自分自身の倫理観を守るためにもきっぱり断るべきだと思っている。

これ以上只沼の不在中に二人きりで会うのは、夢でも見たように己の下心を否定できないだけに怖い。自制心が何かのきっかけで崩壊し、うっかり一線を踏み越えようものならそれこそ会社を傾かせることにもなりかねない。

黙り込む拓朗に、電話の向こうの伊知也が少し寂しげな声で呟く。

『それとも、迷惑？　野口くんは社長さんだし、俺と違って忙しいものね……』

確かに、気ままな愛人生活とは違い、己の采配一つで会社が傾く弱小企業の社長業だ。おまけに、トップシーズン突入を目前にして忙しくないわけがない。適当な理由を作って断ることもできるし、会わないでいるのが一番安全だとわかっていた。けれど、理性や自制心だけでままならないのが人の心というものだ。

「あの、まぁ、忙しいんだが、少しくらいなら……」

『本当に？　俺、無理言ってない？』

無理は言われているが、断れないのは己の意思の弱さのせいだ。伊知也は遠慮気味に今週末の金曜の夜の予定を訊いてくる。

「打ち合わせが伸びなければ、七時にはオフィスを出られると思う」

『じゃ、この間のバーでいい？』

高い場所が本当に好きらしい。きれいな夜景を喜ぶ女性は多いが、拓朗にしてみればそんな景色は恋人同士が眺めるには陳腐すぎると馬鹿にしていた。けれど、伊知也がネオンの街並みを見下ろす横顔は少し寂しげな憂いに満ちて、儚《はかな》げな美しさが一層際立って見える。あの横顔がまた見たくて、拓朗は伊知也と週末の夜の約束をして電話を切った。

(何やってんだ、俺。こんなことは、多分間違ってるんだよなぁ……)

社長室の椅子に座ったまま、背もたれに身を預け天井を向いて目を閉じる。そのとき、ドアをノックする音がしてハッと我にかえると、金子が少し開いたドアの外からこちらの様子をうかがっている。

「今の電話、只沼さんですか？　もしかして悪い知らせでも？」

拓朗が天井を仰いで考え込んでいるのを見て、てっきり例の案件が行き詰まったのかと思ったらしい。

「あっ、そうじゃない。『ファーイースト・ジェット』からだったが、只沼さんの代理の人から現状の報告だ。現時点の見通しとしては、五分五分の進行状況らしい。とにかく、結果待ちだな」

適当なことを言ってごまかしたが、実際北米のオフィスから入った報告もそんな内容だった。業界紙には未だ合弁決定の記事は載っていない。あくまでも交渉中であり、細かい条件での折り合いをどうつけるかに関係者の注目が集まっているらしい。

今回の合弁が成功すれば、業界の中でも新しいケースとして航空業界の中でもビジネスチャンスが広がる。たかが日本国内のＬＣＣが北米の大手エアラインと対等に提携しようとしているのだから、只沼としても自分のキャリアの中でも一、二を争う大一番に違いない。

そうやって只沼が仕事に集中していれば、愛人の伊知也は放っておかれる時間が増える。そのことを思えば、伊知也が拓朗に誘いをかけてくるのも納得できた。要するに、偶然再会した高校の頃の同級生は、退屈と寂しさを紛らわせるのにちょうどいい相手だと思っているのだろう。

(だったら、これも只沼のご機嫌伺いのための仕事と割り切ればいいだけじゃないか)

片手間で伊知也の相手をして自分のビジネスがうまく運ぶなら、むしろお安い御用だ。一線さえ踏み越えなければ、いくらでも言い訳はある。なんなら自分たちが高校の同級だったと打ち明ければ、只沼も二人が会っていることを責めないだろうし、下手な勘ぐりもしないだろう。

「ところで、金曜日の午後からの打ち合わせだけど、予定時間を早めてもらえるかな?」

「大丈夫ですが、渉外の加藤《かとう》が関西から午後戻りなので、遅れて入ってもらう形になりますけどね」

「いいよ。戻り次第の参加で、向こうの状況を報告してくれるよう伝えておいてくれ」

金曜の会議は一週間の総括と来週の事業計画の報告をそれぞれが行うので、予定より三十分から一時間はずれ込むのが常だ。伊知也とはバーでの待ち合わせなので、少しくらい遅れても問題はないと思うが、できればあまり待たせたくはない。

（愛人とはいえ、大事な取引先の社長に少なからず影響力を持っている人間だからな。ないがしろにして、つまらないしっぺ返しを喰らっては困るし……）

というのは、もちろん自分自身に対する表向きの言い訳で、伊知也が只沼の仕事に関与していたり、口出しをしていたりする様子はないし、只沼もまた愛人の戯言《ざれごと》でビジネスを左右するような人間ではない。わかっているのに、会議の時間を早めてまで約束の時間に行こうとしているのは、単純に自分が早く彼に会いたいからだ。

こんな調子で、自分の脆《もろ》い理性が崩壊しないだろうか。自分は自分という人間を信じてもいいのだろうか。会社経営に関して悩みはこれまでも尽きることはなかったが、考えてみれば今回のようにプライベートが一枚噛《か》んでいる状況に直面したのは初めてだ。

こういうとき、自分はまだまだ二十代の若造にすぎないと実感する。只沼のようにビジネスでも人生でもそれなりの苦難と修羅場を乗り越えてきた人間の肝の据わり方を見れば、ただひれ伏すばかりの心持ちだ。

只沼の苦労を思いながら、己の気持ちを無理にでもビジネスに引き戻し、この夏のツアープランの一覧がプリントアウトされた書類に視線を落とす。どれも悪くない。北米の富裕層が心擽《くすぐ》られるツアーもあれば、バックパッカーのための安価で気軽な小プランもある。

拓朗の代理店に金を落としても、充分に満足と納得をしてもらえるだけのサービスを提供しているし、それゆえにリピーターの顧客が多いのだ。これは大いに自慢できることだと思っている。でも、近頃は右肩上がりの業績を見ながら考えることがある。これは、本当に自分がやりたかったことだろうか。

親の反対を押し切って北米の大学に進学し、日本にいるときよりもずっと自由になった自分を感じることができた。だが、北米の自由はすべて自己責任の上に成り立っている自由なのだ。だからこそ、どんな形であっても成功しなければならなかった。

結局、自分は旅行業というより起業して社会的成功を得ることが目的だった。

信田は大学受験こそしくじったと思っているだろうが、現在は一流企業の研究室に勤めていて、同窓会に出て名刺を差し出せば誰もが一目置くだろう。

拓朗はまったく違う道を歩んできたが、社長という肩書きを手に入れた。もちろん、そんな名刺を見せれば感心はされるかもしれないが、腹の中では「若気の至りで突っ走っても、今に痛い目を見るだけだ」とか、「リスクの多い真似をしても、利口とは言えないな」などと陰口を叩く者もいるだろう。

そんな批判的な意見も態度も承知の上でこの道を選んだのだ。ただ、六年の月日を振り返ってみれば、あまりにも夢中だったから、この業種に疑問を抱いて考える時間などなかった。

(なんで、このタイミングだ……？)

伊知也と再会し心乱されるようになって、どうして仕事のことにまでいまさら疑問を差し挟むようになってしまったのか。

拓朗が右側にある窓のほうを向いて、デスクに左手で頬杖《ほおづえ》をついたときだった。自分の耳の下のホクロに指先が触れて、小さく声を漏らす。

そういえば、ホクロのことをちゃんと聞き出していなかった。伊知也はどうして拓朗のホクロのことを知っていたのだろう。あのとき目についたから、ちょっと気をもたせるようなことを言っただけだろうか。だとしたら、本当に人が悪いと思う。

『変わってないよ。あの頃は猫を被っていただけ。俺って、もともとこういう人間だもの』

伊知也の言葉が脳裏に蘇る。拓朗を誘うような素振りをしながらも、その視線には縋《すが》るような寂しさが滲んでいたように見えた。気のせいかもしれないし、自分が伊知也という存在に翻弄されているだけかもしれない。

それでも、あのときの目を思い出すと、拓朗のほうが不安になる。彼は本当に変わったのか、あるいは彼の言葉どおり何も変わっていないのか。高校時代、あれほど伊知也という存在を見つめていたにもかかわらず、自分は彼の表面的な愛らしさばかりを追っていて、本当の彼をまるで見ていなかったんじゃないかという気がした。

でも、本当の彼を知って、自分はどうするのだろう。只沼の愛人という立場は変わらない。いまさら友人になろうとでも思っているのか。今の彼なら、それを快く受け入れてくれるとでも思っているのだろうか。

社会的に見れば、愛人より社長のほうが立場は上だと思うし、世間体もずっといいだろう。

だが、愛人とはいっても、彼を囲っているのは自分のビジネスを左右する力を持った企業の社長なのだ。一皮むけばどちらの立場が上なのか下なのか怪しいものだ。おまけに、自分は十年も前の初恋に未だ心縛られている。気持ちのうえでは負けも同然の状態だ。

そんな面倒でややこしい関係の二人が、再会を懐かしんで旧交を温めるというのはどう考えても無理な気がする。

やっぱり、会いに行くべきじゃないかもしれない。そう思いながら溜息をまた一つつく拓朗だった。

「今夜は俺の奢《おご》りだから」

そう言って、伊知也はバーで軽く飲んだあと拓朗を創作中華の店に案内した。拓朗も一応店を考えてはいたが、せっかく伊知也が予約しておいてくれたのだから、彼の誘いに乗っておくことにした。ただし、奢りと言われても困る。

「あの、余計なことかもしれないが、それじゃ只沼さんの金で喰ってることにならないか？」

愛人が生業の彼にとっての収入は、もちろんそういう関係の代償として囲っている相手からもらうお手当てということだ。つまり、伊知也の奢りは只沼の奢りということになる。それも、本人がいないところでそういうことをしてもいいのだろうか。

堅いことを言っているのかもしれないが、なんとも拓朗の倫理観に引っかかる。だが、伊知也はあっけらかんと笑っている。

「大丈夫だよ。これは俺の金だから。ちゃんと労働の対価として得た金だから、安心して飲んで食べてよ。まぁ、野口くんの会社の接待みたいに一流料亭にご招待とはいかないけど、この店もかなり美味《おい》しいんだから」

労働の対価という言葉で、よけいに生々しいことを脳裏に思い浮かべてしまう。只沼のベッドに裸で横たわり、淫らに誘っている伊知也の姿が艶《なまめ》かしくて思わず片手で顔を覆う。

怪訝《けげん》な表情の伊知也が拓朗に声をかけて、嫌いなメニューや食材はないかと確認してくる。伊知也はオクラが苦手らしいが、拓朗は食べ物に好き嫌いはほとんどない。下町の頑固親父の典型である父親が唯一口うるさく言っていたのは、「勉強しろ」ではなく「出されたものはなんでも喰え」だったのだ。

なので、子どもの頃は苦手だったピーマンも、イカや蛸といった自分的には釈然としない魚介類も、今ではちゃんと美味しく食べることができる。

拓朗がそのことを何気なく口にすると、伊知也は楽しそうに笑う。

「いいお父さんだね。でも、今も昔も野口くんのイメージからはそんなお父さんだなんて想像できないけど。どちらかというと教育熱心な学校の先生とか、上場企業のお堅いサラリーマンとか、そんな家庭で育ったのかと思ってた」

「俺もそんな家庭で育ちたかったね。勉強していい成績を取ってきたら褒められて、いい大学に入ったら誇りに思ってくれて、まがりなりにも社長になったらよく頑張ったなと肩の一つも叩いてくれるような親が今でも理想だ」

「えっ、そんなに頑張ってるのに、褒めてもらえないの？」

伊知也が本気で驚いたようにたずねる。

「褒めるどころか、高校を出た途端にプイっと外国に行っちまったかと思うと、勝手に起業なんかして家業は継がない親不孝者だと小言ばかり言われているよ」

「人の苦労っていろいろだな。でも、心配しているからこそ小言を言うんだよ。いくつになっても親ってのは有難いもんだよね」

伊知也の言葉を聞いて、拓朗がハッとしたように彼の顔を見る。メニューに視線を落としながらも、きっと心の中は複雑な思いに違いない。

「あ、あの、ごめん……」

「なんで謝るの？」

「いや、だって、親の話とかは……」

事故ですでに両親を亡くしている彼に、無神経なことを言ってしまった。

「もう何年も経っているから平気。いつまでもクヨクヨしていたら、親が草葉の陰から心配しちゃうよ。それに、今は洋一郎さんもいるしね」

その一言で急に拓朗の心がまたしても苛立ちを覚える。高校時代には二人きりで向き合って食事をすることさえ叶わなかった。偶然とはいえ、あの頃の夢が叶っているというのに、この虚しさをどうしたらいいんだろう。

「只沼さんのところにいて、毎日何やってるんだ？　あの人、とんでもなく忙しいし、海外出張も多いだろうし、放っておかれたら退屈だろう？」

「そうでもないかな。俺もそれなりにやることはあるし。まかされていることもあるからね」

それというのは家事とかだろうか。別居している奥さんの代わりにかいがいしく只沼の世話を焼いている姿を想像すると、これもまたなんとも複雑な心境になる。

「あのさ……」

拓朗がちょっと考えてから口を開いたとき、伊知也がメニューから顔を上げてたずねる。

「おすすめのものを適当に頼んでいい？　どれも美味しいんだけど、ぜひ食べてもらいたいものがいくつかあるんだ。きっと満足してもらえると思うから」

「えっ、ああ、いいよ。じゃ、まかせるから」

正直、食事の内容などどうでもよかった。伊知也の奢りというのなら、駅前の牛丼でもよかったくらいだ。なのに、創作中華を出しているというこの店は、まるで都会の隠れ家的なバーのようなお洒落な雰囲気で、静かにジャズが流れているのは店主の趣味だからだそうだ。

酒も紹興酒《しょうこうしゅ》にかぎらず、ワインやカクテルも出している。気ままなスタイルで中華を楽しめるのは、北米の流行の先端をいくような高級多国籍料理店ではよく見られるスタイルだった。

店の照明は落とし気味で、涼しげでゆったりとした白い開襟《かいきん》のシャツ姿の伊知也の顔が柔らかいオレンジ色に染まっている。高校の頃は白シャツにグレイのパンツ、紺色のブレザーという制服姿しか見たことがないが、今の彼はわりと値の張るものをさりげなく着こなしている。おそらく、只沼が自分の好みのブランドのものを買い与えているのだろう。

身長が百八十ある拓朗より十数センチほど低い伊知也だが、日本人にしては手足や首などが長く、華奢《きゃしゃ》ながら全体的にバランスのいい体型をしている。おまけに、どんな服も着こなすだけの美貌を持っていれば、何を買ってやっても楽しいに違いない。只沼本人も洒落者で知られているだけあって、可愛がっている愛人がよく似合うものを選んでいて、そのセンスのよさはさすがだと思う。

「この店はよく使うのか?」

「洋一郎さんに教えてもらって、気に入ったからときどき一人でもランチにくるよ。ランチにはお手軽なメニューもあるし、カウンター席もあるから使いやすいんだ」

ここは只沼のオフィスからも近い。とはいえ、伊知也は彼の自宅にいるのだから、わざわざここまでランチを食べにくるというのも奇妙な話だ。

だが、すぐにその理由に気がついた。要するに、只沼と待ち合わせてここで昼食を摂ることもあるのだろう。可愛い愛人を自宅に放っておくのが忍びなくて、短い昼休みにでも顔を見ていたいという気持ちなら拓朗にも理解できる。

拓朗自身も高校時代、学食で昼食を終えるとすぐに図書館に向かったものだ。自習のためもあったが、実は図書館の窓から対面にはＰＣラボがあって、伊知也がよくそこでパソコンに向かっているのを知っていたからだ。

窓越しに彼の横顔を見つめながらＴＯＥＦＬの試験のための英単語を覚えた日々は、昨日のことのように思い出せる。なんとも暗い青春時代だが、あの頃の努力は今こうして実っているのだから後悔はない。

だが、伊知也はどうなのだろう。両親が亡くなって、せっかく入った大学を中退し、どういう人生を歩いてきて今の彼になったのだろう。

高校時代は猫を被っていたのかもしれないが、寂しがり屋の人間がかまってほしいという思いからそうしていたなら、誰にも責めることはできないと思う。それに、あの頃の同級生は皆、そんな素直で愛らしい彼の姿に心癒されていたし、拓朗などは彼の姿を見ているだけで幸せだったのだ。

伊知也が慣れた様子で注文を済ませると、拓朗はすぐに運ばれてきた白ワインを一口飲んでからあらためてたずねる。

「あの、話したくないならなくてもいいんだけどさ、大学を辞めたいきさつとか、その後のこととか訊いてもいいかな？」

「そんなこと、興味ある？　べつに取り立てて面白い話でもないけどね」

「偶然再会したのもこうして二人で食事をしているのも、何かの縁かなって思うから」

きれいな言葉を並べ立てていても、本当は好奇心がほとんどだ。信田が電話で話していたことや、只沼の伊知也に対する甘い態度、そして伊知也自身の昔とは違うどこか開き直った様子に、拓朗は自分なりに納得して気持ちの整理をしたいだけだった。

そんな拓朗の胸の内を見透かしたわけではないと思うが、伊知也は例によって甘い笑みを浮かべてみせる。この笑顔はあの頃ときっと変わらないのだ。ただ、あの頃は誰もがこの笑顔を本物だと思っていただけ。彼の心の中には、あの当時から何か複雑なものがあったのではないだろうか。

「高校の頃に猫を被ってたってのはどういうことだ？」

大学以降の話はしたくないなら、高校の頃の話でもいい。少しでも伊知也という人間を正しく知りたかった。

「本当言うとね、家の近くの共学に行くつもりだったんだけど、うっかり受かっちゃったから親の勧めもあってあの高校に行くことにしたんだよね。でも、本当は男子校なんて乱暴な連中が多くて、俺みたいな見た目が女々しいタイプにはけっこうあたりがキツイかなって思ってたんだ。なのに、入学してみればみんな優しくて驚いたくらいなんだけどさ」

伊知也はおかしそうにケラケラ笑って言う。本人はがむしゃらに机にかじりつくタイプではないようだが、けっこう知能指数は高いと思う。二人が通っていたのは私立の進学校で、県内でも偏差値はかなり高いほうだった。そこにうっかり受かったり、大学も信田と同じところにちゃっかりと合格していたのだ。

拓朗や信田のような努力型の人間にとっては天敵のような、潜在能力の高い天才型というのはいるものだ。だが、あの当時は伊知也がそうだとは気づいていなかった。

そんな伊知也は男子校だからと身構えて入学したらしいが、私立の進学校だったから基本的には勉強ができる真面目な連中がほとんどで、校風も極めて穏やかなものだった。むしろ世間からは軟弱な男子校と見られていて、近隣の女子高の生徒にまで「ガリ勉」ばかりと馬鹿にされていたくらいだ。

信田や拓朗はまさにその「ガリ勉」の典型だったが、伊知也は誰からも愛されて幸せな高校時代を送っていたはずだ。なので、つい皮肉交じりの言葉が口をついて出てしまう。

「その容貌だけでも目立っていたものな。同級の連中ばかりか上級生や教師も、優しかっただろう？」

「でも、ここだけの話だけど、優しくされるのもいろいろと面倒だったんだよね」

言葉だけ聞いていれば鼻持ちならないが、あの頃の伊知也には彼なりの悩みがあったらしい。

「なんかすごい思いつめた手紙とかもらうと怖かったし、放課後に屋上に呼び出されたりしても困ったんだよね。あげくに物理の谷内《たにうち》からは毎晩のように電話がかかってきて、あのときは本気で警察に相談しようかと思ったくらい」

注文した料理が次々と運ばれてきて、テーブルの上に並べられるのを見ながら伊知也が笑い話のように言う。だが、聞いていた拓朗は思わず目を剝《む》いた。

「おい、ちょっと待てよ。物理の谷内って、あの谷内かっ？」

「そうだよ。ＩＴクラブの顧問だったから、放課後はベッタリで本当に参ったよ。先輩に頼んでいつも一緒にいてもらうようにしたり、あれこれと対策もしたけれど最終的には校長に相談したんだけどね」

「じゃ、あいつが学期半ばでいなくなったのは……」

谷内は拓朗らが二年の二学期の半ばに、唐突に体調不良を理由に学校を辞めた。昨日まではどう見てもそれほど具合が悪そうに見えなかったので少しばかり奇妙に思ったが、もともと生徒に人気のある教師でもなかったし、代理の教師がすぐにやってきたこともあり、誰も取り立てて騒ぐようなことはなかった。

だが、十年近く経ってあのときの真相を聞かされれば、楽しそうな高校時代を送っていた伊知也もそれなりに苦労をしていたのだと初めてわかった。

「おまえ、けっこう大変だったんだな……」

自分も彼の姿を追っていた身なので谷内のことも他人事《ひとごと》ではないが、毎晩電話をするなんてストーカーじみた真似はさすがにできなかったし、あの頃の自分にはそんな大胆な真似は思いつかなかった。

それに、免職でなくても実際は学校を辞めさせられたということは、電話以上のこともしていたんではないだろうか。

「大変っていうか、中学のときにも似たようなことはあったから。ただ、中学の頃は俺も相当ヤンチャだったんで、拒否った分だけ派手に仕返し受けたりして生傷も絶えなかったけどね」

「生傷って、そうなのか……？」

屈託なく頷く伊知也にしてみれば慣れたことらしいが、高校時代の彼しか知らない拓朗にしてみれば想像もできない出来事だ。

「体育倉庫に閉じ込められたり、トイレで裸にされそうになったり、女の子の制服を着せられたり、勉強なんかしている暇もないくらい毎日が戦争だったね」

明るい笑顔で話しているが、よくそれで登校拒否やうつ病にならなかったものだと驚いた。苛《いじ》めは中学時代が一番激しくて陰湿だと言われているが、きっと伊知也の話には誇張もなく、まさに戦争のような日々だったのだろう。ひたすら机にかじりついて勉強に没頭していた拓

朗とは違い、伊知也はその愛らしい容貌のせいで少年の頃から人とは違う苦労を背負っていたということだ。

「高校に入ったときには、ちょっと知恵も使うようになったし、さすがに生傷ってのはなかったけどね」

ペロリと舌を出して笑う姿を見て、ずるいとか計算高いというような批判的な気持ちは微塵も湧かなかった。

（そりゃ、猫も被りたくなるな……）

己の身を守るためには、無駄に逆らわずに素直な素振りで可愛く振る舞って、味方を増やしておくのが得策だと思ったのだろう。中には物理教師の谷内みたいなのも出てくるが、それもどうにかやりすごした彼は拓朗が思っていたよりもずっと策士で世渡り上手らしい。

思いもしなかった壮絶な過去を知り拓朗がすっかり黙り込んでいると、伊知也は小皿に料理を取り分けて拓朗に差し出してくる。

「はい、どうぞ。見た目はただの肉野菜炒めだけど、食べると驚くほど美味しいから。それと、こっちの水餃子も絶品なんだ。俺、皮の作り方を聞いて何回か作ったんだけど、どうしても同じ味にならないんだよね。何か教えてもらっていない企業秘密があるのかな」

「料理、するのか？」

「一人暮らしに慣れてくると、いやでもするだろ。そっちはどう？　もしかしてアメリカ帰りだから、全部『チン』とか？」

人差し指を立ててマイクロウェーブのボタンを押す仕草をするが、拓朗は首を横に振る。

「健康管理のできない人間は、社会的に信用されない。タバコは論外。太りすぎは厳禁。アッパークラスほど食生活に気配りをしている。とはいっても、日本では手軽にヘルシーでおいしいものが手に入るから、向こうにいたときほどマメにキッチンには立ってないけど」

「洋一郎さんと同じことを言ってる。野口くんって、洋一郎さんの若い頃にそっくりらしいよ。彼がいつも言ってるもの。青臭くてがむしゃらだった頃の自分を見ているみたいだって。それだけ期待しているんだよね。最近は留学したがらない若者が多いらしいし、人生の開拓精神が希薄な連中ばかりだって嘆いているよ。まぁ、俺なんてその典型だけど」

それでも、やっぱり伊知也のことは可愛いのだろう。自分の愛人にはそんなものは求めていなくて、ただ愛玩《あいがん》動物のように愛でていればそれでいいと思っているのかもしれない。実業家である以前の、一人の男としてはそういう気持ちもあって不思議ではないし、伊知也は愛でるに充分すぎる存在だ。

ただ、もし本当に伊知也が可愛いと思っているなら、彼がきちんと一人でも生きていけるようにサポートしてやるのが真の愛情ではないだろうか。そのことについては、尊敬する只沼に対していくばくかの疑念を抱いてしまわざるを得ない。

「どう？　もしかして、口に合わなかった？」

拓朗が箸を手にしたままぼんやりとしているので、伊知也が心配そうに声をかけてくる。慌ててまた箸を動かし、小皿に取り分けてもらった料理を口にする。伊知也の言うとおり、見た目はどうということもない炒め物だが、野菜の新鮮さがはっきりとわかる。まるで、母親が家族の健康を考え、いい食材を買ってきて調理したような安心感がある。そのくせ、味付けはなるほどプロだと思わせるだけの深みがあった。

「うまいな。素材のよさがちゃんと伝わってくる感じだ。味付けも好みだし……」

思わず呟けば、伊知也も満足そうに頷く。彼が自信を持って注文したものは、どれも炒めるだけ、蒸すだけ、焼くだけといったシンプルな料理だが、その裏に丁寧な仕事をしているのがわかる。

白ワインとの相性もよく、つい酒が進む。そして、二人で交わす会話は、高校時代の思い出とか、それぞれの大学時代のこと。

でも、高校時代はろくに接点もなく、拓朗にとっては思い出して笑うほど楽しい三年間でもなかった。また、大学は二年で中退した伊知也は、その後のことについてはどこか口が重い。

結局は最近読んだ本や、見た映画のことなどに話題が移ったけれど、拓朗の心の中では本当に話したいことはこんなことじゃないんだと焦る気持ちが渦巻いているばかり。

二人きりで会う回数を重ねても、しょせん自分たちの人生は何もどこも重ならないのだと思うと、伊知也のきれいな顔を見つめながらもひどくせつない気持ちになるのだった。

◆◆

伊知也と食事をした二日後、只沼がようやく帰国した。ただし、合弁の合意は取り付けたものの、結局細かい詰めの交渉は一部先送りの状態のままだという。今度は先方が近日中に国内情勢の視察も兼ねて来日するので、そのときに引き続き交渉が行われるらしい。

親会社である日本の航空会社から今回の案件を一手にまかされているのは、只沼の交渉力を買ってのことだろうし、只沼本人も勝算があってあえて厳しい条件を突きつけているのだ。

『まぁ、そんなわけだから。この夏には間に合わないが、秋から冬にかけての紅葉とスキーのシーズンには期待に応えられるかもしれないな』

厳しい交渉を続けているとき、ネガティブな情報を簡単に口にする人間ではない。只沼は自他ともに認める「ハードネゴシエーター」だが、常に前向きの姿勢を示すことで自分自身を鼓舞している部分はあるはずだ。それは、拓朗も同じだからよくわかる。できないと諦めるのは、最後の最後でいい。その瞬間まで、どんな可能性も捨てない。それがビジネスの荒波の中で生き残っていくための大切な条件なのだ。

「相手は思った以上に手強いようですが、只沼さんならきっとやってくれると信じていますよ。ただ、今しばらくは忙しいと思いますので、体調には気をつけてください。いくら慣れてはいても太平洋を往復は地味に体にこたえますから」

『まったくだ。若い頃は体内時計を欺くこともできたが、この歳になるとそうもいかない。二、三日はごまかせても、四日目あたりに突然猛烈な睡魔がきたりする。体を騙《だま》して酷使したしっぺ返しを喰らっているような気分だ』

それは拓朗もたびたび経験している時差ボケで、無理をしたあとに強烈な疲労が押し寄せてくるのだ。

「いずれにしても、しばらく日本におられるなら一度お会いしたいですね。お忙しいでしょうが、時間が取れるようならまた一席設けますよ」

『堅苦しいのはいいよ。それより、わたしが渡米している間、伊知也が世話になったんだって』

受話器を手にしたままドキッとした。咄嗟に浮気を疑われたのではないかと焦ったのだ。

「あっ、実は彼とは同級だったことが判明してですね。それで、たまたま同窓会のハガキもきていたんで出席するかどうかなどと話していたら……」

しどろもどろで言い訳めいた言葉を並べていると、電話の向こうで只沼が笑っている。

『同級だったとは偶然だな。そういえば、あのとき伊知也がどこかで会ってないか聞いていたけど、君のほうは気づかなかったのか？』

「はぁ、クラスも違いましたし、彼もずいぶんと雰囲気が変わっていたのでまさかと思いまして……」

本当はその顔を一目見て気づいてはいたし、名刺をもらって名前を見たときにはもはや間違いないと確信した。だが、只沼は名刺の件は忘れているのかそれ以上拓朗を問い詰めることもなかった。

それどころか、伊知也が拓朗との再会をずいぶん喜んでいるので、これからもときどき会って話し相手になってやってくれないかと頼まれてしまった。

『あの子さ、いろいろ事情があって昔のことはあまり話したがらないんだよ。友達とも疎遠になっているみたいで、あまり遊びに出かけたりもしないしね』

なので、只沼が出張に出ているときや仕事が忙しいときは、一人で家にこもりがちなので心配なのだという。

『君のことは珍しくよく話すんだ。わたしも野口くんならまかせても安心だしね。そっちも忙しいとは思うけど、たまには食事くらいしてやってくれよ』

曖昧な返事をしたものの、電話を切ったあと考え込んでしまう。

只沼の話だと、伊知也は友人とも疎遠になっているという。それは、信田の話とも合致する。そして、昔のことは話したがらないといっていた。それを聞いたとき、拓朗は伊知也がこの間話していたことを思い出していた。

勉強だけで三年間を過ごした自分と違い、彼は友達と楽しい学生時代を過ごしていたと信じて疑わなかった。それなのに、実際はそうでもなかったらしい。好きでもない上級生に交際を迫られたり、教師にストーカーやセクハラまがいの真似をされていたりと、なかなか悩みの尽きない学生時代だったようだ。

そういえば、拓朗も一度体育館の裏で上級生に告白され交際を求められて、困ったように断っている伊知也を見かけたことがあった。

（あのときは……？　んっ？　あれ、どうしたんだ……？）

何度か夢に見ているうちに、どこまで現実でどこまでが夢の中で自分の都合のいいように虚飾したのかわからなくなっていたが、ちょっと冷静になって記憶を手繰《たぐ》り寄せる。

『気持ちは嬉しいけど、僕には好きな人がいるんです』

伊知也はそう言って、相手の気持ちを受け入れられないと伝えていた。だが、あの上級生は納得がいかないとばかりにしつこく迫っていた。

これ以上話していても埒《らち》が明かないと伊知也が一礼してその場を去ろうとしたとき、上級生が何を思ったか後ろから抱きついた。その光景が拓朗の脳裏でフラッシュバックして、思わず「あっ」と声を上げた。

デスクから勢いよく立ち上がったものだから、ガラスの仕切りの向こうにいた連中がぎょっとしてこちらを見る。慌ててなんでもないと片手を振って窓辺のほうへ歩み寄ると、拓朗は自分の左手で耳の下のホクロを押さえる。

やっとわかったのだ。なぜ伊知也が自分のホクロのことを覚えているのか。おそらくそういうことだ。それにしても、どうしてあのときのことを自分は忘れていたのだろう。どうして伊知也は正直にホクロのことを話してくれなかったのだろう。

やっぱり、からかわれたということか。それとも……。

その日、拓朗は珍しく遅くまでオフィスに残っていた。

七月に入り、北米では学生たちの夏の休暇がすでに始まっている。世界中にバックパッカーや家族連れが出かけていく。クリスマスホリデーは暖かいメキシコやハワイでゆっくり過ごす傾向が強いが、夏は気候を問わず興味のある場所に出かける人が多いのも近年の特徴だ。

そして、今年の夏も日本は北米の富裕層にはいいターゲットになっている。その理由の一つには、外国人タレントの影響も少なからずあると思っている。外国の映画スターやミュージシャンが儲《もう》かるマーケットとして極東の日本に訪れると、たいていは「食」と「ファッシヨン」に夢中になっていく。帰国して日本好きをアピールしてくれれば、それだけ一般の人たちの間でも日本への好奇心が盛り上がる。

東京でメトロポリタンの息吹を、京都で異文化の伝統を満喫したあとは、よりディープな日本を知りたいという欲求が高まっていくのだ。

細かいケースに応じていくためには、この季節は社員総動員でアレンジのために走り回る。もちろん、社長の拓朗も例外ではない。また、今回はヨーロッパからの問い合わせが増えていて、サイトでは日本語と英語の他に、ヨーロッパの各言語での案内も載せるようになった。

ヨーロッパからの問い合わせは、主に日本の伝統芸術を堪能《たんのう》したいというものと、日本の「オタク文化」にどっぷり浸りたいという両極端に分かれる。どんな要望にも応えるのが「Discover J」だが、拓朗にも得手不得手の分野がある。

アメリカの大学にいた頃は、日本人というだけであちらのギークス、いわゆるオタク連中にアニメやマンガについてあれこれ質問された。だが、中学、高校時代は勉強一色で、漫画もアニメもほとんど縁のなかった拓朗なのだ。たまに気晴らしでネットゲームをするくらいで、それも英語の勉強を兼ねてアメリカのフリーゲームをやっていた。というわけで、「オタク文化ツアー」はそういう世界に詳しい社員にまかせてある。

今夜は金子をはじめ、社員はすでに全員帰宅している。昼間は関係各所に連絡を取るのでオフィスに詰めていても、夜になればパソコンに向かって個々の事務仕事になるので自宅に持ち帰ってやる連中も多い。

拓朗がオフィスに残っているのは、自分のマンションに帰るのもここでやるのもかわらないからだ。疲れて帰ろうと思えば徒歩十五分の距離だ。とりあえず切りのいいところまで、「東京・ディープ下町ツアー」のプランをまとめてしまおうと思っていた。

一通りの内容を打ち込み終わって見直しをしているとき、拓朗の携帯電話が鳴った。着信表示を見ると見慣れない番号だった。こんな時間にかけてくるのはプライベートの電話だと思うが、名前の表示がなく番号だけということは間違いだろうか。

それでも、万一顧客や取引先からということもある。拓朗が電話に出ると、聞き覚えのある声が耳に届いた。

『こんばんは～。誰かわかる？』

もちろん、伊知也だとわかるに決まっている。十年もの間、この男への気持ちを引きずってきたのは伊達《だて》じゃない。ただし、今夜の彼の声はちょっと変だ。

『ねぇ、何してるの？　もう自宅？　それとも、まだ仕事してる？』

「おい、もしかして酔ってるのか？」

『あれ、わかっちゃった？』

いつも以上に鼻にかかった甘い声で、どこかだらしない間延びした声。こっちは仕事に追われているのに、愛人は酔っ払ってご機嫌かと思うと、内心電話を叩き切ってやりたくなる。だが次の瞬間、只沼の言葉を思い出した。

『あの子さ、いろいろ事情があって昔のことはあまり話したがらないんだよ。友達とも疎遠になっているみたいで、あまり遊びに出かけたりもしないしね』

だから、時間が許すようならかまってやってほしいと頼まれていた。これもポイント稼ぎで仕事のうちだ。拓朗は己に言い聞かせながらも、ちょっと突き放したような返事をする。

「悪いが、今はトップシーズンでね。旅行会社は猫の手も借りたいほど忙しいんだ。というわけで、残業中なので用件があるなら手早く願えるかな」

高校時代の自分なら考えられない素っ気なさだ。あの頃だったら、伊知也から何かの理由で電話をもらおうものなら、深夜だろうが早朝だろうが起き上がって正座で話していただろう。

『そっか、いそがしいんだ……。そうだよね……』

急に寂しげとも残念そうとも言えない声色になって、語尾が消えるように小さくなっていく。途端に意地の悪い真似をしている気がして、自分の心の狭さがいやになる。

「あっ、いや、少しくらいならかまわないけど。っていうか、ちょうど区切りがついたところなんで……」

『そうなんだ。実は俺もそう。ちょうど一仕事終わったところ。で、洋一郎さんが今夜は接待でいないから、一人で飲み始めたら急に寂しくなっちゃってさ』

それで拓朗に電話をしてきたということらしい。正直、嬉しいような悔しいような複雑な心境だ。

それはさておき、伊知也も区切りがついたというのはどういう意味だろう。愛人の仕事といえばそういうことだろうが、只沼は今夜接待で不在だというのだ。

(家事かなんかか？　こんな夜にしなくてもいいだろうに……)

奇妙に思いながら拓朗が何か話題を探そうとしていたら、電話の向こうで鼻をすする音が聞こえた。ぎょっとして、慌てて声をかける。

「おいっ、何かあったのか？　大丈夫か？」

『平気……。だと思う……』

全然平気そうな声じゃなかった。まるで寂しくて死んでしまいそうなウサギのような弱々しさだ。

「いや、思うって、思うじゃなくて……、あの、今どこ？　あっ、家か。一人だよな？　えっと、どうしたらいい？」

拓朗の言葉を聞きながら、伊知也は一言だけ呟いた。

『会いたいな……』

「わ、わかったっ」

それだけ言うと拓朗は電話を切って急いで社長室を出て、オフィスの鍵をかけエレベーターに飛び乗った。只沼の自宅は都心から車で三十分くらいの高級住宅街にある。だが、正確な住所は知らない。

ビルを飛び出してタクシーを捜しながら、もう一度携帯電話を手に伊知也の番号を押そうとしたときだった。すぐ横のガードレールにちょこんと腰かけた白シャツにジーンズ姿の青年がいた。

「ええっ、な、なんで……っ？」

拓朗の声に、茶色の柔らかそうな髪を夏の夜風になびかせ顔を上げたのは、ついさっきまで電話で話していた伊知也だった。

「あ、あれ、家じゃなかったっけ？」

「ううん。ここから電話してた」

「あっ、そ、そういうことか……」

拓朗が勝手に家にいると思い込んで、確認もしないまま電話を切ってしまったのだ。この時間は車の通りも減るので、周囲の騒音も聞こえなかったせいもあるが、どれだけ焦っていたんだと猛烈に気恥ずかしくなってしまった。

「嬉しいな。会いたいって言っただけで、本当に野口くんが目の前に現れた」

「いや、どっちかっていうと、そっちが俺のオフィスにきてたって状況だと思うが……」

「うん。仕事を終えてふらりと外に飲みに出たら、空きっ腹だったからすぐに酔っちゃってさ。そしたら、なんか猛烈に寂しくなって、誰かに会いたくなった」

「誰かに？」

拓朗は焦ってオフィスを飛び出してきたところを見られていたんじゃないかと思って、気恥ずかしさをごまかすようにズボンのポケットに両手を押し込んだ。

「でも、誰でもいいんじゃなくて、野口くんに会いたかったんだ」

そう言いながら、ゆっくりとガードレールから立ち上がり、伊知也は拓朗のそばへと歩いてくる。酔っている伊知也の目はとろんと目尻が下がり気味で、半開きの口元がひどく淫らに見える。

心が揺らぎそうだった。伊知也は只沼の愛人だとわかっているのに、心の歯止めが引きちぎれてしまいそうになる。だから、自分自身を戒めるためにわざときつい言葉を吐いた。

「俺に会いたかったじゃなくて、どうせ俺しか会いにいける奴がいなかったんだろう？」

途端に伊知也の足がピタリと止まった。甘えるような笑顔が悲しさに歪《ゆが》むのがわかる。傷つけたのだと思った。そんなつもりはなかったと言いたかったけれど、急に優しくするのも照れくさい。だから、拓朗は自分のほうからも伊知也に近づいていき、彼の目の前に立つと軽く咳払いを一つしてから言った。

「それより、ホクロの意味がわかったぞ」

すぐそばまできた拓朗に向かって顔を上げた伊知也が、一瞬きょとんとした表情になる。なんで今それなんだと自分でも思うが、ずっと気になっていたことなのだ。思わせぶりな伊知也の態度に戸惑ったが、記憶を手繰り寄せた今はもう不思議でもなんでもない。

「へぇ～、てっきり忘れていると思ったのに、思い出してくれたんだ。あのときはありがとね」

伊知也は、いつものちょっと人を喰ったような表情で小首を傾げてみせる。そして、クスクスと可愛い笑い声を漏らしながら、手のひらで拓朗の胸元にそっと触れる。そればかりか、まるで遠い昔のシーンを再現するように、拓朗の胸に置いた自らの手の甲に頬を押し当ててきた。

あのとき、告白を拒否された上級生に追いすがられて、後ろから抱きつかれた伊知也が慌てて身を捩《よじ》り逃げ出そうとした。だが、相手は運動部に所属する体格のいい上級生だ。伊知也が暴れたところで逃げ出せそうもない。それどころか、伊知也の抵抗で我を忘れたかのように強引に唇を近づけようとしていた。

体育館の裏の不燃物の集積場にビンや缶を入れた袋を運んできた拓朗は、偶然その様子を見て思わず飛び出してしまったのだ。なんでそんな勇気があったのか、自分でもよくわからない。ただ、嫌がる伊知也を見て、助けなければと咄嗟に思ったのだ。

(俺って奴は、あのときも今も変わってないってことか……)

背後から羽交い締めしながら伊知也にキスをしようとしている上級生を突き飛ばし、拓朗はしっかり握った細い腕を強く引き寄せた。その勢いで、伊知也がちょうど今みたいに自分の胸に抱きつく格好になったのだ。

それはまったく計算ではなかったけれど、あのとき初めて伊知也に触れた。制服のシャツに包まれた体が思った以上に華奢で、柔らかい少し茶色がかった髪からはシャンプーのいい匂いがした。

その様子を見た上級生は拓朗に向かって、「二年のガリ勉野郎かよ。おまえには関係ないから引っこんでろっ」とかなんとか吐き捨てた。

身長は拓朗も同じくらいだったが、横幅や筋肉のつき方が違う。腕力でとうてい勝てる相手ではなかった。それでも、伊知也を抱き締めながら、拓朗は上級生に向かって自分でも驚くほどきっぱりと言ったのだ。

『いやがっている相手を追いかけてもどうしようもないですよ。そんな真似をして、好きな相手を傷つけて後悔するのは自分じゃないですか』

それは自分自身への戒めでもあった。相手にされてもいないのに、追いかけてもどうしようもない。たった今自分の胸の中にいて震えているこの存在は、幻のようなものでしかない。一度この手をすり抜けていけば、この先は一生触れるどころか声をかけることさえ叶わないとわかっていた。

そう思っていたから、はかない記憶は自ら封印してしまったのだ。いっそ触れなかったことにしてしまえば、この胸の痛みも泡のように消えるはずと信じていた。

なのにこの十年間、無意識のうちにもずっと彼の夢を見続けてきた。そして、またこの胸に伊知也が戻ってきて、拓朗は妖しげに騒ぐ心を止められない。

「あのとき、上級生に向かって俺のことを諦めろってきっぱり言ってくれたじゃない。『ガリ勉の野口くん』が柔道部の三年を相手に、あんなふうに庇《かば》ってくれるなんて思わなかったから驚いた」

「理不尽なことが許せなかっただけだ」

しごく真っ当なことを言いながらも、伊知也と目を合わせることができない。あのときの自分に下心がなかったと言い切れる自信がないからだ。

「暴力はやめろとかそういう上っ面の言葉じゃなくて、ああいう説得の仕方がとても大人っぽく聞こえて頼もしかった。自分も猫被ってなんかいないで、強くなってはっきりものを言えたらいいのにって思ったよ」

伊知也はあのときの拓朗の胸の内も知らずそんなことを言う。

「おまえだって、ちゃんと『つき合えない』って自分の意思を言ったじゃないか。中学のときだってさんざんな目に遭っていて、高校でも谷内みたいな奴につきまとわれて、それでもちゃんと周囲とうまくやってきたんだろ。充分に大人だし、すごいと思うよ」

あの頃は伊知也のことをただきれいなだけの少年だと思っていたけれど、今になってみれば短絡的な考えで彼という存在を捉《とら》えていた自分が恥ずかしい。伊知也の苦労を思えば、殻にこもって勉強ばかりしていた自分のほうがよっぽど楽な選択をしていたような気がする。

「すごくなんかないよ。あのときだって、俺は野口くんに庇われて身を縮めていただけだった」

そう言いながら顔を上げた伊知也がふと頬を緩める。

「それでね、こうして抱き締められていて、見上げたらそのホクロが目に入った。なんか妙に印象的でずっと覚えていたんだ。いい人なんだなって思ってた。友達になれたらいいのにって思ったけど、野口くんは勉強以外に興味がなさそうだったから……」

そう言いながら、伊知也が胸に当てていた手を伸ばして拓朗のホクロに触れてくる。ビクリと体が緊張した。心の中ではなけなしの理性の声が繰り返し叫んでいる。

(駄目だ、やめろ。駄目だ、やめろ。駄目だ、本当に駄目だ……っ)

叫ぶほどに、目の前にある奇跡を見過ごしてしまっていいのかともう一人の自分が囁きかける。

「でも、人生って不思議だ。こういう再会もあるんだな」

人通りもなければ、車さえ通らない深夜近くのオフィス街の一角にいて、初恋の相手が胸に頬を寄せているこの現実をどうしたらいいのだろう。

「野口くんは昔のままで優しいね。忙しくても俺に会いにきてくれたし……」

泣きそうな顔で言われても困る。自分はそんな優しい人間じゃない。一歩間違えれば、ストーカーのような真似をしていた谷内や、告白を拒否されて逆切れした上級生と変わらない人間だったのだ。ただ、自分から声をかける勇気がなかっただけ。彼らよりもずるい弱虫だっただけだ。

「違う。そうじゃない。違うんだ。会いにきたんじゃない。俺は、俺は……」

痛む胸のうちをどうごまかしたらいいのかわからないまま拓朗は呟き続ける。今だってオフィスを飛び出してきたら、伊知也がそこにいただけだ。

「クソッ、どうしたらいいんだっ」

困惑のあげくにそう叫んで、胸元の伊知也を両手で引き剝《は》がす。伊知也はまるで母親から引き離された赤子のように不安な表情になり、酔ってほんのり赤くなった目尻から涙をこぼしそうになっている。

そんな伊知也をこのまま突き放してしまえるわけがない。拓朗だって、オフィスを飛び出した時点ですでに負けていたのだ。いまさら外れたタガを戻すことなどできるわけもなかった。

「俺はもう、どうなっても知らないからなっ」

そう言ったとき、懸命に踏ん張っていた理性の紐《ひも》がブチッと切れた音がした。誘うような唇を拒むこともやめた。そっと重ねるだけだと己に言い訳しても、気がつけばその口腔を貪《むさぼ》っていた。

「んん……っ。あ……っ」

伊知也が息を止めては小さく呼吸する声が、赤い唇から漏れている。それさえも拓朗の心を妖しく揺さぶって、もう欲しいという思いが止められなくなった。愛しい、恋しい、他の誰でもない唯一の存在が目の前にいて、抱き締めないではいられない。

「なぁ、高いところが好きなんだよな。見せてやるよ。高いところからの夜景を。だから、一緒にこいよ」

拓朗はそう言うと、ほとんど車の通りがない道に偶然やってきたタクシーに手を上げる。停まったタクシーに伊知也を乗せ、自分も乗り込み徒歩でもわずか十五分程度の住所を告げる。近距離で恐縮することもない。今夜の自分には伊知也がそばにいる。

まるで、上級生に喰ってかかったときのように何も怖くない。只沼のことが一瞬脳裏を過ぎったが、それでもタクシーの後部座席で伊知也の手を握ったら、もう何もかもどうでもよくなった。

◆◆

これは浮気というのだろうか。だが、自分は独身で恋人はおらず、相手もまた独身だ。ただし、彼は囲われている身の愛人だ。倫理的な観点からすると、この行為はどのくらい罪深いのだろう。

伊知也《いちや》は夜景の見下ろせるリビングではしゃぎ、やっぱり窓の大きなバスルームを使って酔いを冷まし、今は裸体同然の格好でベッドの上にいる。

「野口《のぐち》くん、恋人は？」

「おまえ、それ、今訊《き》く？　いたら誘わないだろう、普通」

「変わったのは外見だけで、相変わらず真面目なんだな」

すっかり酔いが冷めた伊知也は、寂しげな甘えた口調から人を喰《く》ったような小悪魔的な態度に変わっている。でも、騙《だま》されたとかそそのかされたなどとは思わない。伊知也と再会したときから、何かきっかけがあれば簡単に負けてしまうことはわかっていたのだ。

(だから、近づきたくなかったのに……)

高校の頃よりずっと艶《なまめ》かしくきれいになっていた伊知也を見れば、拓朗《たくろう》が己の忍耐力を案じていたのも仕方がないだろう。だから、近づかないほうがいいとは思っていたが、その反面会いたいという気持ちも確かにあった。只沼《ただぬま》に頼まれるまでもなく、会うための理由をずっと探していたのも自分で、伊知也からの電話で胸を弾ませていたのも間違いない。

「そっちこそ、只沼さんになんて言い訳するんだよ？」

「何もしないよ。俺は自分の意思でここにきたもの」

そういうどこか開き直った態度が、今なら彼らしいとわかる。彼はただ愛玩《あいがん》動物のように、大人しく飼われているだけではないのだろう。只沼との関係には、思った以上に強く伊知也自身の意思も反映されているのかもしれない。

「だったら、いいんだな？」

ベッドで膝《ひざ》を抱えて座っていた伊知也が、にっこり笑って頷《うなず》く。もう二人とも高校生じゃない。大人になったからセックスに対して青臭い照れもなければ、要領がわからず戸惑うなんてこともない。

ただ、子どもではないのだから、自分たちの行動には責任を持たなければならない。だからこそ、この罪はどのくらい重いのだろうと考えるのだ。

「ねぇ、高校のとき、俺のことをどう思ってた？」

拓朗の手をつかみ、自らそばへと引き寄せながら伊知也がたずねる。

「きれいだって思ってたよ」

「それだけ？」

それだけじゃない。ずっと見ていても飽きなかった。もっと近くで見ていたかった。見ているだけじゃなく、触れたかった。そして、あの年頃の少年らしく、いやらしいことを頭の中でたくさん想像していた。

勉強以外の時間は、ほとんど伊知也のことをあれこれ妄想しながら過ごしていたと思う。だが、そんなことは大人になってもやっぱり言えない。わずかばかりの見栄が残っているのだ。

「そっちこそ、俺なんか眼中に入ってなかったんだろ？　ホクロを見なければ思い出さなかったくらいだし、名前さえ覚えないまま卒業していたんじゃないのか？」

伊知也が苦笑を漏らす。どうやらそうらしい。嘘をつかないのはいいけれど、いまさらながらちょっと傷ついた。

「っていうか、ずっと成績でトップ争いをしているグループって、俺たちのことなんか相手にしていない感じだったもの。声でもかけようものなら、『ＩＱが下がる』とか言われそうでさ」

「そんなこと……」

そういえば、信田《しのだ》はそんなことを言っていた。もちろん、特定の誰かに向かってというわけではなく、グループ研究で成績の悪い連中と組まされて、陰で拓朗に愚痴っていたのを覚えている。あのときは、「ＩＱが下がる」ではなく、「馬鹿がうつる」と言っていたのだが、いずれにしても傲慢《ごうまん》な台詞《せりふ》には違いない。

あげくに、その信田は国立の受験に失敗して、有名どころとはいえ私立大学に進学。奇《く》しくもけっして成績のいいグループではなかった伊知也が同じキャンパスにいたのだから、大学時代はさぞかし腹立たしい思いをしていたのだろう。

「でもね、あのとき助けてもらってから、野口くんのことは意識するようになったんだよ」

恥ずかしそうに言うと、すぐに「もちろん、そういう意味じゃないよ」と手を顔の前で振ってつけ足した。そういう意味でばかり伊知也を見ていた拓朗は笑うしかなかった。

そして、伊知也の横に腰かけると華奢《きゃしゃ》な体を両手でそっと抱き締め、白い背中を指先で撫《な》でてみる。念願叶《かな》って触れる体なのだ。一気に喰らい尽くしたい気持ちと同時に、ゆっくりと丁寧に味わいたいという思いがある。

今夜かぎりのことかもしれない。後先を考えずに体を重ねてしまった自分たちは、それぞれに責任を取らなければならないだろう。でも、もうその覚悟をしたのだから、あとはこの時間を存分に楽しみたかった。

拓朗は伊知也の顔を間近で見つめながら、溜息《ためいき》交じりにあらためて言う。

「やっぱり、きれいだよな。こんな言葉、言われ慣れているだろうけどさ」

「そうでもないよ。『可愛い』って言われることのほうが多かった。でも、そう言われるのは好きじゃないんだ。なんか子どもっぽい気がするから」

確かに、只沼も伊知也のことを「可愛いだろ」と拓朗に耳打ちしてきた。只沼の年齢からすれば、「可愛い」という言葉になっても仕方がない。

見た目だけなら、二十六になっても「可愛い」という形容が似合うかもしれない。けれど、拓朗の中での伊知也はそんな軽い表現では表せなかった。高校のときから、拓朗にとって伊知也は何もかもが「きれい」だったのだ。

「キスしてもいいかな？」

「さっきもしたくせに。それも路上で」

「あれは勢いでつい……」

「じゃ、今度のは？」

「勢いじゃなくて、ちゃんとしたい」

「やっぱり、どこまでも真面目な優等生だね」

その言葉にムッとした。まるで及び腰だと笑われているような気がしたからだ。だから、やんわりと抱き締めていた体を強引に引き寄せて、ほんのりと赤い唇に自分の唇を強く重ねた。

高校時代は、父親には「いい若いもんが、机にばっかりかじりつきやがって」と言われ、母親には「拓朗、彼女はいないの？　連れてらっしゃいよ、彼女。どんなのでもいいから」と無茶を言われてきた。砕けすぎた親のことは無視してひたすら勉学だけの高校時代だったが、アメリカではその反動のように下半身も大解放状態だった。

行き着くところ男のほうがいいと納得して、伊知也にどこか似たところのあるアジア系とばかり遊んでいた。別の誰かの面影を追いながらの関係なのだから、相手が誰であろうと真剣な交際に発展しなかったのは無理もない。

そして、今はその本人を抱き締めている。できれば紳士的かつ丁寧に味わうつもりだったが、伊知也の言葉に拓朗の中の雄に火がついた。もう自分は高校の頃の真面目なだけの「ガリ勉野郎」じゃない。只沼にどんなふうに愛されているかは知らないが、拓朗は拓朗のやり方で伊知也を泣かせてやる。

いきなりの嚙《か》みつくようなキスをすると、伊知也が慌てたように両手で胸を押してくる。

「の、野口くん、ちょ、ちょっと待って……っ」

ずっと人を喰ったような態度を取っていたから、ちょっといい気味だった。だから、この機会を逃さずに言ってやる。

「その呼び方、やめろよ。拓朗でいい。二人きりのときはそう呼べよ」

それは、高校の頃に妄想していたことの一つだった。伊知也と友達になって、あるいはそれ以上の関係になって、互いに名前を呼び合う。それだけであの頃の拓朗は覚えた単語も吹き飛ぶほどにドキドキしたものだった。

ベッドに横たわり、覆いかぶさってくる拓朗を上目遣いで見ながら伊知也もまた彼らしい小悪魔の笑みで言う。

「じゃ、拓朗も俺のこと伊知也って呼んでくれる？　洋一郎《よういちろう》さんのいないところだけでもいいからさ」

それから、二人は秘密を守る約束のキスをした。

抱き締めた伊知也はほっそりとして、肌はすべらかで、体の隅々まできれいだった。そのとき、伊知也は彼らしくもなく照れたように頬《ほお》を染めて、か細い声で言う。

「あのさ、さっきそんな意味じゃないって言ったのは嘘。本当は真面目な優等生とキスするのを想像したこともある。それで、それ以上のこともちょっとだけ……」

最後は消え入るような声になった、にわかに信じられない伊知也の告白だった。まさかそんな言葉を聞けるなんて、また自分は都合のいい夢を見ているんじゃないかと思った。だが、白い伊知也の体は目の前にあって、手を伸ばせばちゃんと触れることができる。温《ぬく》もりも感じられる。

自分のほうこそずっとずっと好きだった。どこにいても、誰と体を重ねていても、繰り返し見る夢の中の伊知也に、何度も何度も心を奪われてきた。

伊知也にだけこんなことを言わせておいて、この思いをちゃんと伝えなければ自分は卑《ひ》怯者《きょうもの》だ。高校生の頃と変わらず小心な臆病者《おくびょうもの》のままだ。だから、拓朗は一度体を起こすと伊知也の体も一緒に引き起こして、その顔を真正面に見つめる。

このまま抱き合うつもりだった伊知也が、いきなり向き合って座る格好にさせられて驚いたように訊く。

「なぁに？　どうかした？」

「本当に、俺のことをそんなふうに思ってたのか？」

てっきり責められていると思ったのか、伊知也は急にしょぼくれたように俯《うつむ》いてしまう。

「ご、ごめん。変なこと聞かされて、気持ち悪かった？」

「違うっ。そんなことないっ」

興奮して声を荒げる拓朗に対して、伊知也はビクリと体を震わせる。そこで拓朗は大きく肩で息をして、呼吸を整えると真剣な顔で言った。

「好きだったのは俺のほうだ。言えなかったけど、ずっと見ていたんだ。おまえが想像していた以上のことを俺は何度も想像していた。高校を卒業してからも、何度夢に見たかわからない。それくらい、もうずっとずっと好きだったんだ」

初めて出会って恋に落ちて、気がつけば十年の月日が流れていて、今ようやくその言葉を面と向かって言えた。ちょっと出遅れて、ちょっと生々しい告白になってしまったが、ホッとした次の瞬間返ってきたのは伊知也の見当違いの遠慮の言葉だった。

「あっ、いや、無理しなくていいから。べつに俺は片思いだったとしても気にしないし……」

片手を顔の前で横に振られ、苦笑を漏らす伊知也の顔を複雑な思いで見つめる。十年間溜《た》めに溜めた告白が完全に空回りしているこの現実をどうしたらいいのだろう。かなり真剣に考えたけれど、とりあえず叫んで訴えるしかないという結論に達した。

「無理じゃないっ。だから、おまえが知らないだけで、こっちはこの十年間、初恋を引きずり倒してきたんだよっ」

元来はアーモンド形の瞳《ひとみ》がまん丸に開いていて、きょとんとしたその顔が愛らしくもあり憎らしくもあり、言葉にならない心境になる。それでも、わかってくれるまで何度でもこの言葉を言うつもりだった。

「好きだったんだ。初恋だったんだ。本当に、言えなかっただけなんだ……」

「でも、高校のときは全然話もできなかったし、助けてもらったあとにお礼を言いにいったときも、呼び出してもらっているうちに教室から出て行ってしまったから……」

「あ、あれは……」

個人的に伊知也に呼び出されたりしたら、事情を知らない周囲から何を言われるかわからない。冷やかされるのも、逆恨みされるのも真っ平という小心者だったから、思わず逃げ出してしまったのだ。でも、今なら子どもだった自分を認めて正直に言える。

「照れくさかったんだよ。学校のアイドルが冴《さ》えないガリ勉に会いにきたら、誰だってありえないって思うだろ。好奇心むき出しであれこれ人に訊かれたらたまらないと思って、つい逃げてしまったんだ」

「ええっ、そうなの？　べつにありのままを言えばよかったのに」

恨めしげに言われても、拓朗には拓朗の事情があった。

「そんなことをしたら、俺は自分の武勇伝を得意げに語るいやな奴になってしまうだろうがっ。そっちは猫を被《かぶ》っていたかもしれないが、こっちは己の身を守るために殻に閉じこもってガリ勉していたんだからな」

「そうなんだ。お互い、地味に苦労してたんだね」

伊知也がしみじみと言ったので、なんだかおかしくなって同時に噴き出してしまった。そして、あらためて伊知也の頬にそっと手のひらを当てた拓朗が言う。

「だから、信じてくれよ。ずっときれいだって思っていたんだ。入学してすぐに廊下で見かけて、同じ男だなんて思えなくて視線が離せなかった。あれからずっと好きだったよ。十年経《た》っても気持ちは消えなくて、何度も夢に見てすごくせつなかったんだ」

拓朗がわずかに残っていた見栄も意地もかなぐり捨てて言うと、伊知也もまた急に殊勝な顔になって拓朗の首筋にしがみついてくる。

「それって、本当に本当？」

「だから、嘘言ってどうするんだよ。おまえは俺の初恋の相手だから、只沼さんと一緒に現れたときはまるで心臓をわしづかみにされたみたいだったよ」

そう言いながら伊知也の髪にそっと唇を寄せる。偶然抱き締めてしまったとき、シャンプーのいい匂いがした。今はこの部屋のバスルームで拓朗の愛用しているシャンプーを使ったばかりだから、自分の髪と同じ匂いがする。

そのことがなんだか拓朗をくすぐったい気持ちにしてくれる。このまま夜景の見下ろせるこの部屋に伊知也を閉じ込めておきたい。只沼のところに帰したくない。許されない独占欲が込み上げてきて、くすぐったさがせつなさに変わる。

そんな拓朗の気持ちも知らず、伊知也は少し拗《す》ねたように口を尖《とが》らせてみせる。

「最初から俺に気づいていたのに知らん顔してたんだ。人が悪いや」

「そっちこそ、俺のことなんか覚えてなかったくせに」

「愛人稼業の同級生なんて、自慢にもならないだろうと思ってね」

「じゃ、わざと……?」

本当はホクロなんて見つけなくても、ちゃんと拓朗だと気づいていたらしい。ただ、拓朗の立場を考えて素知らぬふりをしていてくれた。少しだけ試すようなことを言ったのも、拓朗の気持ちを探っていたのだろう。なのに、拓朗は只沼の前ということもあり、気づいていないふりをした。

ただ、誓って言えるのは、愛人稼業をしている同級生を恥じたわけではない。初恋の相手が、自分の敵《かな》わない誰かのものになっている事実にショックを受けていただけだ。でも、そんな言い訳さえもうどうでもよかった。

「今のおまえは只沼さんのものだってわかってるよ。でも、今夜だけはこの思いを遂げたいんだ」

「洋一郎さんのことは……」

そこまで言って、伊知也は少し困った顔になる。只沼のことを思い出しているのだろう。愛人として可愛がってもらいながら、彼を裏切る罪悪感に苦しんでいるのかもしれない。けれど、伊知也は何か言おうとしてそのまま言葉を呑《の》み込んでしまう。拓朗ももう何も言わなかった。話しているより抱き合って時間を過ごしたほうがいい。かぎられた時間だから、このときを存分に貪りたい。

もう一度伊知也の体をベッドに横たえる。そして、その裸体に手のひらを滑らせ、唇を寄せる。

「あ……っ。た、拓朗……っ」

伊知也がそれだけで甘い声を漏らす。高校の頃の印象のままなら、拓朗が不器用なセックスをすると思っているのかもしれない。だが、もうあの頃の自分とは違う。きっと伊知也を満足させられると思うのだ。

アメリカにいる頃、何度も何度も伊知也にどこかが似た男たちと体を重ねてきた。でも、今夜はもう目を閉じて自分の心の中にある面影を追う必要はない。淫《みだ》らに乱れる初恋の相手をしっかりと見て、彼のどんな姿もこの目に焼きつけたかった。

体重をかけないように重ねていた体をずらしながら、伊知也の胸から腹に唇を滑らせていき、やがて股間《こかん》に顔を埋《うず》めた。すでに勃起していたそこは、中性的な容貌《ようぼう》を裏切るようにちゃんと男だった。でも、拓朗のものより少し細くて短いから、ここに関してだけは可愛いと思ったが口にしなかった。

「うう……っ、んぁ……っ。ああ……っ」

舌と唇の刺激で、伊知也の口から甘い呻《うめ》き声が漏れる。この敏感さが只沼に慣らされたせいだと思うと、悔しいような腹立たしいような気持ちになって、自分のほうが間男だということを忘れそうになってしまう。

「ああ……っ、いいっ、すごくうまい……っ」

下半身を揺らめかせてはいるけれど、逃げようとはしていない。少し腰を引いたりしてはもどかしさを自分で楽しんでいる感じがする。

きっと只沼だけじゃないと思った。これまでどんな男が、そして何人の男がこの体を抱き締め、愛してきたのだろう。今の伊知也は只沼のものだけれど、拓朗の嫉妬心《しっとしん》は伊知也を愛した男たちすべてに向けられる。そして、身勝手は承知でそれを受け入れてきた伊知也にも苛立《いらだ》ちがつのる。

(クソッ。苛《いじ》めてやりたい……っ)

まるで体育館裏で伊知也に気持ちを拒まれた上級生のように、少しひどいことをしてその赤い唇に「ごめんなさい」と言わせてやりたくなった。

あまりにも歪《ゆが》んだ独占欲だとわかっていても、あの頃とは違い、今は伊知也が自分の腕の中にいるのだ。初恋を引きずってきた年月の分だけ、欲望が暴走してしまいそうになるのをどうやって止めたらいいのかわからない。

だが、彼の股間を握っている手に思いっきり力をこめてやろうと思ったその瞬間、伊知也がうわ言のように呟《つぶや》いた。

「んぁ、あ……んっ。拓朗の手、すごく気持ちがいい。でも、もう少しゆっくりがいい。でないと、すぐにいっちゃう。お願い、た、拓朗……っ」

そんなふうに懇願され自分の名前を呼ばれた途端、意地の悪い思いにかられていた気持ちがまるで氷水をぶっかけられたように冷めていく。その代わりに込み上げてくるのは、どうしようもないほど愛《いと》しい気持ちだった。

伊知也の体はどこもかしこも敏感で、どこに触れても小さく身を捩《よじ》り溜息交じりの喘《あえ》ぎ声を漏らし続ける。膝を割ってもされるがままに足を開く。後ろの窄《すぼ》まりに手を伸ばせば、自分から腰を浮かせてそこへと拓朗の指を導いていく。

恥じらいがないというより、快感に正直なのだと思った。いつからこんな体になったのかはわからないけれど、こうして伊知也は心の寂しさを埋めてきたのかもしれない。ふとそんな気がして、慣れた彼の体にまたやるせなさを感じた。

「後ろもいい……っ。ねっ、ねっ、もっと奥もいじって……」

言われるままに揃《そろ》えた人差し指と中指を深く押し込めば、伊知也は引きつった声を上げて顎《あご》を仰《の》け反《ぞ》らせる。奥の奥まで柔らかくて温かくて、拓朗を優しく包み込む。でも指ではなくて、自分自身を伊知也の中に埋めたい。

触れて口づけるほどに淫らになっていくこの体は、そのときを迎えたらどんなふうになってしまうのだろう。今以上に艶めかしい姿を見せられたらと思うだけで、もはやこらえているのが難しくなる。

「伊知也、もう入れてもいいか?」

「うん、でももう少しだけ待って。俺もやりたいんだ。拓朗のものを……」

どうしたいのかたずねるまでもなかった。伊知也はスルリと拓朗の体の下から抜け出すと、悪戯《いたずら》っぽい笑みを浮かべてみせる。

「さっきのがすごく気持ちよかったから、俺もお返し。中でいくのはそれからね」

そう言うと、今度は拓朗の股間に顔を埋めてくる。一瞬、息を呑んだ。さっきから夢のような出来事ばかりが続いていて、いよいよ現実なのかどうか不安になる。あれほど恋しくて何度も夢に見た伊知也が、拓朗自身を赤く愛らしい唇で銜《くわ》えて、柔らかく濡《ぬ》れた舌で愛撫《あいぶ》しているのだ。

「あっ、い、伊知也っ、ちょっと、ちょっと待って……っ。あっ、クソッ」

ちょっと悪態をつきそうになったのは、伊知也のそれがあまりにも巧みだったから。それでも、絶対に口ではいきたくない。そこは男の意地だった。もちろん、伊知也にも男の意地があるのかもしれないが、だからこそ拓朗の譲れない気持ちはわかってもらわないと困る。

これ以上ないほどに硬く勃起した拓朗のものからゆっくり唇を離すと、こちらを見上げてペロリと舌で自分の唇を嘗《な》めて体を起こす。そして、拓朗の耳元にその濡れた唇を寄せて囁《ささや》くように言った。

「じゃ、入れて。拓朗のいいようにして、入れてよ……」

人生でこれほど興奮したことはないというくらい、気持ちが高ぶっていた。伊知也の体の負担さえ考えられなくなって、強引にベッドに押し倒す。

後ろからのほうが楽だろうとわかっていても、それでは顔が見えない。どうしてもそのときの伊知也の顔が見たかったから、正常位で大きく足を開かせて、さらに膝裏を抱えて腰を持ち上げさせた。

後ろの窄まりが濡れて部屋の薄暗い照明に光っている。さっき拓朗がたっぷり使った潤滑剤が溢《あふ》れ出しているのだ。コンドームにもいくらか潤滑剤がついているから、これで伊知也に大きな痛みを与えることはないと思った。

苦しい格好を強いておいて、そこの痛みだけを案じているなんて我ながらいろいろと矛盾している。でも、人間は誰しも多かれ少なかれいろいろな矛盾を抱えて生きているのだ。今は只沼の愛人として生活している伊知也の中にも、きっといくつもの矛盾があるはず。それを知りたいけれど、今はそれよりもこの白く淫らな体を全部知りたかった。

「本当にいいんだな?」

最後に確認した。只沼を裏切る行為を強いる自分はとんだ不届き者だ。わかってはいるけれど、伊知也がいいと言うならそれを止《や》める気はなかった。

「うん。いいよ。きて。俺の中でいってよ」

伊知也も限界が近いのだろう。声が泣きそうになってすっかり上擦っている。どんな格好でもいいから、もうほしいと体が訴えているのがわかる。

「伊知也……っ」

そのとき、彼の名前を呼び捨てにできることにあらためて胸が熱くなった。同時に、体のほうもこれ以上ないほどに高ぶりながら、激しく抜き差しを繰り返す。擦《こす》って擦られる感覚。どちらもこれまでの誰と抱き合ったときとも違い、眩暈《めまい》がするほど熱く淫らだった。

もう遠くから眺めているだけじゃない。逃れることのできない快感をこの身で味わっている。虜《とりこ》になるという安直な言葉では表せない。例えるものもない。ただ伊知也という存在に溺《おぼ》れているだけだ。

「拓朗……。あぁぅ、んぁ……っ、んんっ」

やがて伊知也は身を強張《こわば》らせたと思うと、急に全身を痙攣《けいれん》させて悲鳴のような声を上げる。

そして、拓朗の下腹に向かって、伊知也の性が吐き出された。

その生温《なまぬる》い感触に、かろうじて耐え抜いたことにささやかな優越感を覚えた。十年の思いが実り、このときようやく伊知也と心も体も通じ合えたような気がした。そして、安堵《あんど》した次の瞬間には拓朗もまた己自身を弾《はじ》けさせた。

近頃は仕事に追われて遊ぶことなどそっちのけになっていたから、伊知也が本当に満足してくれたかどうかわからない。それでも、彼の頬は紅潮して、うっとりと吐息を漏らしている。伊知也が全身を弛緩《しかん》させてぼんやりと天井を見つめている横で、同じように仰向《あおむ》きになって天井を仰ぎながら拓朗がたずねる。

「大丈夫か？　辛くなかったか？」

「うん。平気。それより、すごくよかった。こんなふうに感じたのは初めて。想像していたよりもずっとすごかった」

その言葉に、やっぱり彼が拓朗のことを高校の頃のイメージのままで、不器用なセックスを及び腰でするような男だと思っていたのだとわかった。あいにく、そんな自分は高校を卒業するときに捨てたのだ。

「言っておくけど、俺は頭の中でおまえが考えていた以上のことを何度も想像していたんだ。絶対にそんな日はこないと思っていたから、妄想の中ではもうやりたい放題だった」

「えっ、そうなの？　じゃ、拓朗の妄想の中で、俺はけっこう可哀想《かわいそう》なことになっていたりしたの？」

「可哀想というより、どこまでもいやらしいことになっていたな」

「うわぁ、真面目そうに見えて、ムッツリだったんだ。でも、言われてみれば、そういうタイプかもね」

いきなり失礼なことを言うので、起き上がって伊知也の頬を片手でわしづかみにしてやる。アヒルのように唇を尖らせて「あうあう」言っている顔は、きれいというより可愛い。

「そっちこそアイドルみたいな顔で、一人前のことを考えていたんじゃないか」

「らって、ハイドルひゃないし、けんじぇんなしぇいしょうねんらったらけ」

アイドルじゃなくて健全な青少年だったというなら、拓朗だって同じだ。

「だったら、お互いさまだ」

そう言って笑って手を離してやると、その愛らしい顔に唇を寄せるのだった。


深夜に二人でシャワーを浴びて、ダイニングテーブルで軽い食事をする。冷蔵庫にあったあり合わせのもので簡単な料理を作り、テーブルに並べる。ここのところろくに買出しにも行ってないので、用意できたのは切って盛っただけのカプレーゼと具材のないペペロンチーノだけ。

それでも伊知也はおいしそうにそれを頬張っては、アルコール度数の低いスパークリングワインを飲んでいる。拓朗は明日もというより、十二時を回った今となっては今日も仕事なので、気楽な愛人のようにこんな時間から酒を楽しむわけにはいかない。なので、アルコールフリーのビールを慰め程度に飲んでいる。

「外泊しても只沼さんは何も言わないのか？」

「閉じ込められているわけじゃあるまいし。一緒に暮らしているけど、二十六にもなる人間に門限なんか言わないよ」

もちろん、未成年ではないし、愛人にもそれなりの自由はあって当然だ。だが、同棲しているなら、互いに守るべきルールもあってしかるべきだと思う。でも、今夜の伊知也の行動を見ていると、只沼と彼の関係というものが何か釈然としない気がするのだ。

「こんなことをあらためて訊くのもどうかと思うけど、只沼さんとは実際どういう関係なんだ？」

大皿に盛ったペペロンチーノを自分の皿に取り分けながらたずねる。伊知也はなぜかちょっと考える素振りを見せてから、それが適当な言葉かどうか自分でもわからない様子で言った。

「洋一郎さんと俺は擬似親子みたいなものなんだ。でも、血の繋《つな》がりはないから俺が寂しいと慰めてくれるし、彼がきついときは俺が優しくしてあげることもあるよ」

年齢的にも「擬似親子」というのは言いえて妙かもしれない。ただ、実の親子ではないし、互いに同性との関係も楽しめるのだから、そういう意味で求め合うのは自然なことなのだろう。

ただ、拓朗が気になっているのは、伊知也が本当に只沼を愛しているのかどうかということだ。けれど、それを直接的にたずねる勇気はさすがになかった。

伊知也が今夜のことを一夜かぎりの遊びと割り切るのなら、深追いはしないつもりだ。十年も初恋をこの胸に抱えてきた身としては、伊知也と同じ夜を二人きりで過ごせたことは充分すぎる思い出だ。

このことで無駄に伊知也を追い詰め、ビジネスでは尊敬する只沼に不愉快な思いをさせる必要はない。間男のような真似をして姑息《こそく》な人間だと思われるかもしれないが、正直になって誰も得などしないのなら嘘をつくのも大人の作法というものだ。

ただ、伊知也自身に拓朗との関係をあらたに構築していく意思があるなら、これ以上の幸せはない。初恋が成就するという、夢が現実のものとなる可能性はわずかでもあるのだろうか。その可能性を確かめたいだけだった。

伊知也はカプレーゼの皿のルッコラを指先で摘《つま》むと、クルクルと回しながらじっとそれを見つめている。

彼もまたこれからのことを考えているのかもしれない。

拓朗自身も伊知也とのこれからの関係を考えるために、どうしても知っておきたいことはあった。

「いまさらなんだけど、只沼さんとはどこでどうして知り合って、今の関係になったんだ？」

「そのことは、ちょっとね……」

やっぱり何か話しにくいいきさつがあるのか、伊知也がすぐに唇を閉じてしまった。

「只沼さんの人間性はよく知っているつもりだ。無理な駆け引きがあったとは思わないけれど……」

それでも、彼とこういう関係になったのには、それなりの理由があったのだと思う。少なくとも、只沼は伊知也のことを拓朗には「愛人」と紹介した。伊知也もその立場に甘んじていることは間違いないのだ。

すると、伊知也は手にしていたルッコラを口に放り込むと、ダイニングの椅子の上で膝を抱えてしまう。まるで悪戯をしたことを親や先生に正直に言えなくて、困った小学生が校庭に座り込んでいるような姿だった。

そんな寂しげな伊知也の姿を見るのは、拓朗だって辛い。さっきまで愛らしく淫らに乱れていた妖艶《ようえん》な笑みを、そんなふうに曇らせるつもりはなかった。

「ごめん、言いたくないならいいよ。ただ、只沼さんが伊知也に優しいことはわかっているから、一緒にいて幸せならそれでいいかなって思う」

「洋一郎さんが優しいのは本当。いろいろと面倒みてくれて感謝しているんだ。でも、俺はけじめをつけたら彼のそばを離れるつもりだから」

「けじめ……？　それって、どういうことだ？」

「まぁ、なんて言うか、ちょっと借りがあってね」

その言葉に、以前ちょっと考えていたことがまた脳裏を過《よ》ぎった。伊知也は両親を不慮の事故で失い、大学を中退するほど経済的に困っていたはずだ。よからぬバイトをしていたという噂も耳にした。

いくら不況の世の中といっても、大学を辞めて真面目に働けば二十代の若者がつましく一人で暮らしていくことができない世の中ではないだろう。

それでも只沼の世話にならなければならなかったということは、たとえば親に借金があってその返済にまとまった金が必要だったとか、そういう理由ではなかったのだろうか。

それなら、伊知也が昼の仕事ではなく、てっとり早く金を稼げる水商売に手を染めていたという話にも納得がいく。

「もしかして、金を借りてるのか？」

伊知也はフォークを皿に置いて、スパークリングワインを一口飲んだ。

「まぁね。でも、たいした額じゃないよ」

「たいした額じゃないって、いくらだ？」

つい声に力がこもってしまったら、伊知也が苦笑を漏らしている。

「そんなこと聞いてどうすんの？　人の借金の額なんて、通りすがりの人の年齢と同じくらいどうでもいい話だよ」

「おまえは通りすがりじゃないし、好きな相手のことを案じるのは当然だと思うけど」

伊知也の屁理屈についムキになってしまうと、よけいなことを言ったと思ったのか困ったように肩を竦《すく》めている。そして、じっと自分から視線を外さない拓朗に向かって、小さく指を三本立ててみせる。

つまり、三百万ということらしい。借金の金額としては目を剝《む》くほど大金ではないにしても、定収を持たない人間には相当の負担だ。その借金を伊知也はどうするつもりなんだろう。この先、返済のあてでもあるのだろうか。

「でも、それだけが理由で彼のところにいるわけじゃないから」

「じゃ、どういう理由？」

伊知也を追い詰めたくはないけれど、明確な借金の額を知れば、当然ながらその背景も気になってしまう。

「だから、言っただろ。俺たちは埋め合っているんだよ。あの人は名前だけの家族はあっても実際は一人で、俺は家族を失って本当に一人で、一緒にいると少しだけ寂しさが和らぐんだ」

「でも、そんな理由で……」

「わかってるよ。ずっと一緒にいるのは駄目だよね。だから……」

伊知也はもうそれ以上只沼のことについては何も話さなくなってしまった。食事を終えてからは、二人してリビングのソファで並んで座り、肩を寄せ合うようにして窓の外の景色を眺めていた。

「いい部屋だね。俺たちの歳《とし》でこんな部屋に住んでいる奴なんて、どのくらいいるんだろう。成功したって気分になる？」

「なるね。でも、次の瞬間には怖くなる。馬鹿なことをしている、無理をしている、背伸びがすぎるってね」

「じゃ、不安なときはどうするの？」

拓朗は自分の肩にもたれている伊知也に、いつもの自分の朝の儀式を教えてやる。すると伊知也はおかしそうにクスクスと声を漏らして笑う。

「笑うなよ。誰だって、自分だけのジンクスや決まりごとを持っているもんだろ」

伊知也に笑われて、秘書の金子《かねこ》にさえ話したことのない秘密を打ち明けたことをちょっと後悔した。だが、伊知也は甘えるように体を摺《す》り寄せてくると、そろそろ睡魔に負けそうになっている瞼《まぶた》をとろんとさせながら言う。

「わかるよ。みんな生きるのに一生懸命だものね。本当に、みんな、みんなそう……」

そこまで言って伊知也の声が途切れる。ふと横を見ると拓朗にもたれた格好で眠りに落ちている。拓朗はそんな伊知也の髪に唇を寄せて、またせつなさに胸を震わせる。

愛しい気持ちがままならないこともせつないけれど、両親を失って一人で生きている伊知也が誰よりも一生懸命だと思うと、胸が締めつけられる思いがしたのだ。

親がいてもわがままを通している自分は、こんな生き方をしていていいのだろうか。また不安と疑問が脳裏を過ぎる。

成功を手に入れることが目的だとしたら、自分はそれをまがりなりにも達成しているだろう。このまま「Discover J」をさらに大きくして、いずれは上場企業にまですることを目指してもいい。それはとてつもなくやりがいのあることだと思う。

けれど、その反面でそれが本当にやりたかったことなのかと、今も自問する自分がいる。何かが違うような気がする。本来なら、やりたいことがあって、それを成し遂げて初めて成功を手にしたというべきなのだ。なのに、自分は形と名前ばかりの成功を手に入れ、このマンションに住んでいる。

見下ろしている夜景はきれいなのに、どこか作り物のように嘘くさい。それに比べて、隣で眠る伊知也は触れれば変化する生身の温かさを持っている。

どこか無機質な自分の成功と、どこまでも有機的な美しさを持っている伊知也。比較する対象が違っているとわかっていても、それが拓朗の中で不思議な天秤《てんびん》に載っていた。

自分は何がしたいのだろう。何がほしいのだろう。なんのために学んで、なんのために歳を重ねてきたのだろう。そのとき、拓朗はここまでやってきた軌跡を振り返り急に怖くなった。

（俺は、一度も挫折《ざせつ》を知らないままだ……）

暗いガリ勉生活の高校時代や、渡米して自信のあった英語で苦労したり、大学で勝手に商売をしてペナルティを科されたりはした。起業してからも思いがけないトラブルはいくつも経験して、それなりに乗り越えてきたものはあった。

だが、自分の人生はおおむね順調だった。何か大切なものを失ったとか、生き方を百八十度変えるほどの過酷な運命に翻弄《ほんろう》されたことはない。それをただの幸運だと喜ぶほど、単純な人間ではない。挫折を知らないということは、人としての脆《もろ》さに繋がる。

あの只沼でさえ、北米では何度か出世コースから弾き出されたり、日本では地方の子会社へ左遷されたりという憂き目を経験している。それでも、そのたびに彼は不屈の精神で復活して今の地位がある。

拓朗は自分の今の立場に唐突に不安を覚えた。このままでいてはいけないという思いに駆られる。起業を決心したときも同じだった。翌年の六月に卒業したのち日本に帰り、他の学生に出遅れて就職戦線に加わることを思ったときひどく焦ったのだ。

英語ができる奴などいまどきごまんといる。そんなものがセールスポイントになるとも思えなかったし、度重なる面接でうまく自己アピールができる人間でもない。

だったら、残された選択は起業しかない。そんな焦りが拓朗を急《せ》き立てた結果、今の「Discover J」の発足となった。

そして、今もまたあの頃と同じ何かを感じている。このままでは駄目だ。きっと自分は駄目になる。深夜に突如押し寄せてきた将来への不安。けれど、自分の傍らには愛しい存在が無防備なまま眠っている。その姿を見ると、少しばかり心が癒される。きっと只沼も伊知也のこんな姿に幾度となく癒されてきたのだろう。

でも、伊知也の言葉に偽りがないのなら、彼らは互いの寂しさを埋め合うために一緒にいるだけだ。拓朗の立場でそれを言うのはおこがましいとわかっていても、やっぱりそんな関係が正しいとも思えないし、この先ずっと続けていていいこととは思えない。

拓朗の中ににわかに芽生えた不安。そして、愛しさが募る伊知也への思い。もちろん、只沼に対しては複雑な心境にもなる。それらがすべて胸の中で絡み合った夏の夜だった。

やがて東の空が白んでいく。今日という一日をどう生きたらいいのだろう。そんな曖昧《あいまい》な不安を抱《いだ》きながら夜明けを迎え、拓朗もまた浅い眠りへと落ちていった。

目覚めたとき、いつの間にか拓朗はソファに横たわっていて、そばに伊知也の姿はなかった。

焦ったけれどダイニングテーブルの上にメモを見つけ、それを読んだときは思わず安堵して笑みが漏れた。

『洋一郎さんのところを出て落ち着いたら、また連絡する』

色気もなにもないメモ。まるで事務連絡のような文章だ。それでも、そういう素っ気ない感じが伊知也らしいと今なら思える。

そして、彼が只沼のところから本気で自立するつもりだとわかり、それも嬉しかった。拓朗の言葉が彼の生き方になんらかの影響を与えたと考えてもいいのだろうか。

伊知也が愛人という立場から脱却したのちには、新しく二人の関係を構築していくこともできる。只沼のそばにいれば伊知也は「愛人」という肩書きを捨てきれないが、拓朗といればそれは「恋人」に変わる。伊知也の人生を思えばそのほうがいいと思うのは、身勝手で都合のいい考えだろうか。でも、事実だとも思うのだ。

それにしても、伊知也はどうやって只沼との関係にけじめをつけて、自立するつもりなのだろう。昨夜の話だと、伊知也は只沼に三百万の借金がある。愛人という立場でいたから、その返済を求められることはなかっただろうが、関係を清算するなら借金も返済しなければならないのではないだろうか。

もし伊知也がその借金の肩代わりを頼んでくるなら、拓朗にはいくばくかの貯《たくわ》えがある。只沼の人間性はよく知っているから、本当なら金のことはたいした問題ではないはずだ。ただ、それが伊知也をそばに置いておいて愛《め》でる理由になっているだけだろう。

とりあえず金の問題さえ解決すれば縛っておく理由もなくなり、伊知也が望めば解放してくれるはず。伊知也もまた世話になった只沼に不義理をせずに、きちんと自立することができる。

借金のことを含め自分にできることがあるなら、伊知也の「けじめ」の手助けをしてやりたい。もはやこれは拓朗にとっても金の問題ではなくて、伊知也と自分のこれからのためを考えてのことだった。

眠ったのはわずかに二時間ほどで、ソファでの転寝《うたたね》にも等しい。それでも、今日という日の始まりは拓朗にとってあまりにも新鮮だった。

シャワーを浴びなおす時間もなく手早く身支度を整えると、鏡の前でいつもの儀式を行う。

『そうだ。やれると信じたから、奇跡が起きたんだ。きっと伊知也は俺のものになる』

自分に暗示をかけるようにそう言うと、拓朗は部屋を出ていつものカフェに立ち寄る。

「おはようございます。いつもより早いですね」

カフェの店員がカウンターの向こうから声をかけてくる。いつもは眠気に負けて適当に相《あい》槌《づち》を打っているが、今朝は気分がいいのでいつものチョコマフィンを注文しながら彼の髪型を褒めてやる。

どうやらカットしてきたばかりらしいが、誰にも気づかれずに腐っていたのだという。普段なら拓朗だって、顔馴染《かおなじ》みの店員とはいえ好みの男でもないのに髪型など目につくはずもない。

我ながら現金だと思うが、伊知也と過ごした時間を思い出せば、今日の拓朗は世界中の人に優しくしてやりたい気分だった。

「これ、新しく発売になったメープルマフィンなんです。一つサービスしておきますから、試してみてくださいね」

店の新作の紹介を受けて、いつものチョコレートマフィンとおまけのメープルマフィンの入った紙袋を片手に店を出ようとしたときだった。

「野口っ、野口じゃないか？」

いきなり声がかかって振り返ると、表通りに面して作りつけになっているカウンター席にいた男が立ち上がった。声をかけてきたのは、某大手化学品メーカーに勤めている信田だった。

「あれ、なんでこんなところに？」

彼の勤務地は近県との境にある研究室だから、都心にいるのを見て思わずたずねる。

「都内の本社に用事か？」

「いや、そうじゃなくて、今日は朝から得意先へ転勤の挨拶《あいさつ》回りだ」

その訪問の時間調整と朝食のために、このカフェに立ち寄っていたらしい。

「転勤？　どこかへ異動になったのか？」

「ドイツの研究所だ。独り身なんだから二、三年いってこいって言われてな」

海外勤務などにまったく興味のない信田は、うんざりとした表情だ。高校時代の彼はしばしば拓朗よりも上位の成績を取っていたというのに、何かと人生が自分の思いどおりにならない人間のようだ。

だが、大会社の歯車になってしまえば上から「行け」と言われれば、アフリカの僻地《へきち》だろうが、シベリアの凍《い》てつく大地だろうが行かなければならない。ドイツなど赴任先としては、人に羨《うらや》まれる場所だといってもいいだろう。

「ドイツか。ワインがうまいし、規律と調和を好む気質は日本人に似ているし、きっと暮らしやすいぞ。それに、帰ってきたら出世コースが待っているんだろう？」

拓朗の言葉はまんざらでもなかったのか信田は笑って頷いたものの、すぐに探るような顔になる。

「俺のことはいいんだが、おまえはどうなんだよ？」

「どうって、一応会社は順調だ。ここだけの話だが、国内のＬＣＣとの新たな契約ができればこの秋からは少しばかり業界の注目を集めることになるかもな」

拓朗は「ファーイースト・ジェット」との取引について部外者にはわからない程度に話したが、信田は難しい顔をしてそうじゃないと首を横に振る。

「おまえさ、前に電話で小島《こじま》伊知也のことを訊いていただろ？」

一瞬ドキッとした。その伊知也とは今朝方まで自分の部屋で一緒にいたと言えるはずもない。それでなくても信田は伊知也のことをあまり快く思っていない。もっとも、逆恨み的なところがあるのは否めないが、朝っぱらから信田の機嫌を損ねても仕方がないことだ。

「ああ、そんなこともあったっけ。で、彼が何か？」

素知らぬ顔で、けれど慎重に聞き返した。

「どこかで会ったって話をしていただろ。あれから、同窓会の誘いの電話が何度かきてさ、そのときに幹事をやっている奴にいろいろ聞いたんだよ」

「小島のことをか？　聞いたって、何を？」

信田の顔を見れば、それがいい噂ではないことは容易に想像できた。それはもしかして、伊知也自身が口を重くしていた過去にかかわることだろうか。

好奇心もあるし、同時に伊知也の言っていた只沼に対する「けじめ」についてのヒントがあるかもしれないと思った。拓朗はできるだけ落ち着いた様子で、たいして興味もない素振りをしながらも、さりげなく信田に話の先を促す。

「ああ、そういえば、何か悪い噂があるとかないとか言ってたよな」

それそれとばかり、信田は店の壁かけの時計を見てたずねる。

「今、少しいいか？」

出勤の時間は厳密ではないので、拓朗は信田に誘われるままにカウンター席に腰かけた。

「俺もあれっきり見かけることもないし、おまえだって小島のことなんて興味なかったんじゃないのか？」

涼しい顔で嘘をつく拓朗も人が悪いが、信田のほうも相当意地の悪い笑みを浮かべてみせる。

「興味はないが、下世話な好奇心ってやつはある」

「おまえらしくないな。そういうタイプじゃないと思ってたけど」

高校の頃は拓朗以上にストイックに勉強に没頭していたし、女の子や芸能人の話題にも乗ってこないような堅物だった。そんな信田も十年経てば少しは変わったということだろうか。

「会社の研究室にずっと閉じこもっていたら、ときどき頭の中が真っ白になって自分が何をやっているのかわからなくなるんだ。そんなときは目の前でボールペンが転がっただけで笑いが止まらなくなったり、エアコンの微《かす》かな音に猛烈に腹が立ったりする。ところが、これまでまるで興味のなかった世間の流行ごとや、新聞の三面記事を読むと妙にホッとしたりするんだよ。くだらないことばかりの世の中を見れば、自分なんかまだまだましなほうだってな」

そんな話を聞いていると、信田もずいぶんと精神的に追い詰められた状況で仕事をしていたのだとわかる。ドイツ赴任はある意味、彼にとってリフレッシュのいい機会になるかもしれないと思った。だが、今は伊知也の話題のほうが気になる。

「で、小島がどうしたって？」

さりげなく水を向けると、信田が口元を歪めるように笑う。

「あいつさ、今はどっかの金持ちの親父の『愛人』やっているらしいぞ。なんか似合ってるよな。高校の頃から、見た目のよさだけで要領よく生きていた奴だし、なんで俺と同じ大学に潜り込めたのかわからないけど、それだって裏で手回しでもしてたのかな。まぁ、結局中退したけど」

「中退の件は両親が事故で亡くなったからとか言ってなかったか？」

そもそも、伊知也の両親の事故のことを教えてくれたのは信田だったはず。

「そうそう。経済的にきついことになったんだろうな。大学辞めて水商売に走ったって聞いていたけど、あの噂も本当だった」

「もしかして、『売り』とかって……」

実は、伊知也のよくない噂で拓朗が一番気になっていたのは、そのことだった。抱いてみてわかったのは、伊知也がとても抱かれ慣れていることだった。只沼に慣らされたことは間違いないと思うが、それ以前にもきっと伊知也には男性経験があると思えたのだ。

だが、信田は軽く首を横に振って、自分が聞いた新しい噂を話す。

「さすがにそれは知らないけど、あいつがやっていたのはホストだよ。ホストクラブ勤め。やっぱり顔なんだよ。まぁ、顔がいいだけで金が稼げるんだから、それも才能ってことか」

もちろん、褒めていない。小馬鹿にしているのだ。

「でも、ホストくらい、近頃は大学生がバイトでもやっているって聞くぞ」

「そんな可愛いもんじゃない。あいつ、店では何人もの女を手玉に取っていたらしくて、客同士が揉《も》めて店でつかみ合いの喧嘩を始めたとか、ホスト同士で客を取ったの取られただの小競《こぜ》り合いで警察沙汰《ざた》とかもしょっちゅうだったってさ。それだけじゃない。貢がせるだけ貢がせて捨てた女に刺されそうになったり、結婚詐欺まがいで金を騙し取って訴えられそうになったりと、相当あこぎなホストだったみたいだ」

「嘘だろ……」

それは、同性の恋人がいたというよりショッキングな話だった。まさか、あの伊知也がそんな修羅場や泥沼の中にいたなんて信じられなかった。よしんばホストの話が本当だったとしても、意図的に女性を騙したりはしないと思う。彼はそんなことができる人間じゃない。

「女みたいな顔して、かなり性悪だったんだな。高校の頃は可愛がられているのを自覚して、猫を被っていたんじゃないか」

信田の言葉にハッとした。確かに、伊知也は高校の頃に猫を被っていたと言っていた。だが、それも無駄なトラブルを避けるための手段であって、それで人を傷つけるようなことはしていなかったはず。

ただ、次から次へと信田の口から伊知也のよからぬ噂が出てくると、拓朗の胸にもじょじょに不安が込み上げてくる。

伊知也のことを信じたいが、自分はあまりにも彼のことを知らなさすぎる。それに、伊知也自身も過去のことをあまり話したがらなかったという事実が、また拓朗の不安をかき立てた。

只沼には三百万ほどの借金があると言っていた。それが、その結婚詐欺まがいの件で、返金を迫られたために借りた金だとは考えられないだろうか。

（いや、まさか……）

そんなことを平気でするような人間なら、あの只沼が自分の家に招き入れ同棲などするはずがない。それとも、伊知也がうまく猫を被っていて、只沼でさえその愛らしさに騙されているということだろうか。

「だから、今の愛人生活も計算ずくだろうな。相手の財産をしゃぶり尽くすか、正体がばれるかすれば、さっさとおさらばして次のターゲットに移る。取り入る相手が男ってのがミソだと思うよ。社会的地位や立場のある人間ほど、美青年に騙されて金を巻き上げられましたなんて口が裂けても言えないし」

信田は伊知也の悪い噂を嬉々《きき》として話して、一人で喉《のど》を鳴らし笑う。だが、聞いている拓朗のほうはあまりにも複雑な心境だった。

「それでな……、って、おい、聞いてるのか？」

顧客を訪問するまでには時間があるのか、信田の話はまだまだ続きそうだった。だが、拓朗はもうこれ以上聞いていたくなかった。このまま話を聞かされていると、自分の中の伊知也の印象が少しずつ歪んでいきそうだったのだ。

「あ、あの、悪い。そろそろ出勤しないと、朝の会議に遅れちまう」

「あっ、そうか。社長業も大変そうだな。まぁ、頑張れよ。おまえは高校の同級の中では、一番うまくやっている人間だと思うし、俺も陰ながら応援しているからさ」

信田の言葉を素直に喜べないのは、彼の真意が透けて見えるからだ。起業して小さくても一国一城の主《あるじ》になった拓朗へのやっかみもあるが、「Discover J」が大きくなれば俺の友人の会社だと自慢できると思っているのだ。

「そっちも、ドイツでゆっくり人生でも考えてこいよ」

それがせめてもの手向《たむ》けの言葉だった。高校の頃はここまでひねくれたものの考え方をする人間ではなかったと思う。だから、何につけても慌しい日本を離れて、自分を見つめ直す機会があればいいと思う。

信田と別れてカフェを出た拓朗は、自分のオフィスに向かいながら今朝の浮き立った気分が醒《さ》めて、地面に両足がべったりとついた心持ちだった。

昨夜、この腕の中にいたあの伊知也と、信田の話していた伊知也。どちらが本当の伊知也なのだろう。そんなことで戸惑っていることが、すでに伊知也を信じきれていない自分の気持ちを浮き彫りにしているということだ。

信じたい。この腕で抱き締めて、甘い声で啼《な》いた彼は「ニセモノ」じゃない。あれは芝居でもない。辛い過去があっただけ。拓朗にも話したくないようなことがあっただけだ。

(でも、それって、どんな過去だよ……)

伊知也こそ拓朗を信じてくれるなら、すべてを打ち明けてくれてもよかったはずだ。なのに、彼は最後まで言葉を濁していた。彼の真実を見せてはくれなかったということだ。

心の中に迷いが生じる。オフィスのビルの前まできて立ち止まったとき、昨夜すぐそこのガードレールに腰かけ、寂しげにこちらを見ていた伊知也の姿がフラッシュバックする。

思わず携帯電話を取り出した。伊知也に電話をしようとしたが、そのとき道の向こうからちょうど出勤してきた金子が声をかけてくる。

「社長、おはようございます」

慌てて携帯電話をジャケットの内ポケットに入れる。

「あれ、寝不足ですか？　瞼が三重になってますよ。今朝もまたハチミツ入りのコーヒーですかね？」

普段は二重の拓朗だが、二日酔いや寝不足が続くと瞼がさらに重くなって三重のようになる。それを金子はちゃんと知っているのだ。

「いつもの三倍にしてくれ。糖分でドーピングでもしないと、今朝は脳が働きそうにない」

冗談交じりに言えば、金子が笑って頷いている。そして、困惑を引きずったままオフィスの自分のデスクにつくなり外線が鳴った。オフィスにはまだ金子以外は出社していない。その金子も今はコーヒーを淹《い》れにいっている。

急いで拓朗が受話器を持ち上げ外線ボタンを押すと只沼だった。挨拶もそこそこに、彼の興奮した声が拓朗の耳に届く。それは、待ちに待った返事がきた瞬間だった。

『明日、新聞に記事が載るが、こちらの条件はほとんど呑ませることができた。ついては、例の案件についてもあらためて細かい取り決めのための手続きに入れると思うよ』

只沼の粘り勝ちだ。日本のＬＣＣがアメリカの大手エアラインとの合弁を果たせば、太平洋路線はほぼ無敵だ。乗り継ぎの便利さ、さらには細かいサービスなどを含めて、そっくり丸抱えで顧客を引っ張ってくることができる。

アジアのハブ空港を目指していたものの、シンガポールのチャンギ空港や韓国の仁川空港にその地位をあっさりと奪われ、撃沈して久しいが成田がこれでまた日の目を見ることになるだろう。北米からきた観光客は、羽田へ移動しなくても成田をベースにしている「ファーイースト・ジェット」を利用して、北海道から沖縄まで各地に飛べるのだ。

そして、「Discover J」を利用すれば、手荷物の他にもスーツケースを二個まで無料で受けつけてもらえる。これは地味なサービスのようでいて、大荷物で移動することに慣れている北米の観光客を引きつける材料になるはずだ。

只沼からの電話のあと、すぐさま金子を呼んで関係部署の人間を会議室に集める。只沼の実力は信じていたが、どう転ぶかわからないのが企業の合弁だ。明日にも正式発表という記事が躍っていた翌日、「合意できず」の文字に右往左往するなどというのはよくある話だった。

だから、拓朗も最後まで油断はしていなかったが、こうなったらこれまでの計画に「ゴーサイン」を出すタイミングだけだ。サイトの案内からすべての関連取引先に、一斉にその特典情報を流さなければならない。

「只沼さんとの会合は明後日《あさって》だ。失敗はない。必ずいい返事をもらう。だから、そのときの準備を万端にしておいてくれ。今ならまだ夏の休暇にかろうじて間に合うかもしれないからな。取り込める客は一人として逃すな。それだけのクオリティでツアーを組んでいる。誰にも損はさせないし、うちも儲《もう》ける」

会議室の中にいても、それぞれがポータブル端末ですでに次の手を打っている。これがいつもの会議のスタイルだ。個人主義がすぎると言われればそれまでだが、拓朗はそういう会社を作りたかった。それぞれのスキルを存分に活かせる場所で、個々の責任において会社に貢献する。そして、その対価をしっかりと受ける。取引相手とも顧客とも「ウィン・ウィン」の関係が理想であるように、雇用主と雇用者の関係もまたそうあるべきだと考えている。

「これに乗じて、ヨーロッパからの顧客の取り込みも一層力を入れてくれ。それから……」

今後の計画を述べていた拓朗が、いきなり言葉に詰まったかのように黙り込む。会議のときにそんなことはまずない。なのに、こんな大切な瞬間に、何かが脳裏に過ぎって拓朗の心を乱していた。

「あっ、えっと、なんだ。その……」

「社長……？」

金子の声が聞こえた。ハッと我にかえる。

「え……っ？　あっ、そう、そういうことで各部署ともに即時の対応ができるようよろしく頼む」

最後は釈然としない拓朗の言葉で会議が終わったが、朗報に社員の士気は上がっていた。

そんな中、拓朗が社長室に戻るなり、金子が心配したようにやってきてたずねる。

「大丈夫ですか？　ただの寝不足じゃないんですか？」

よく気がつくのはいいのだが、こういうときはあまりに聡《さと》いのもちょっと困る。だが、金子の表情は真剣だ。

「プライベートに踏み込むのは本意じゃないですが、業務に差し障りがあるようなら秘書の立場として少しばかりお願いがありますが……」

いつもと様子が違う拓朗を彼が案じている気持ちはわかる。

「すまん。なんでもないいんだ。大丈夫だから」

「本当ですか？　会社にとっても今回の案件はかなり重要なもので……」

遠慮気味に金子が釘を刺そうとしているのはわかっていた。だから、拓朗はあえて片手を上げて彼の言葉を遮った。

「それは重々わかっている。ちょっと疲れているだけだ。だから、今日のところはよろしく頼む」

拓朗の異変の理由はわからなくてもその苦悩の様子は理解できたのか、金子は大人しく社長室から出ていってくれた。そして、いつもは開けっ放しになっているドアを静かに閉めていってくれる。コーヒーのハチミツの量といい、細かい心配りには感謝するしかない。

だが、残された拓朗の心に浮かぶのは、これからのビジネス展開ではなかった。「Discover J」にとって、とても大切なときだとわかっているのに、デスクのパソコンを前にしてモニターのスクリーンセイバーの画像に伊知也の顔がぼんやりと浮かぶ。

そんなはずはない。信田の言葉を鵜呑《うの》みにするほうが間違っている。彼は噂を聞きかじってきただけだ。なのに、簡単に伊知也を疑うなんてどうかしている。それに、伊知也がどんな人間であっても、彼を思う気持ちは止められない。それだけは確かなのだ。

拓朗は両肘《りょうひじ》をデスクにつき、組んだ両手の上に額を乗せて二度、三度頭を上下させる。そうやって拳《こぶし》で自分の額を打って、気持ちを引き締める。

伊知也のことは信じればいいだけだ。だから、今は仕事に集中しよう。高校時代にひたすら勉強に打ち込んで、一番鍛えられたのは集中力だ。それが拓朗にとっての大きな財産となり、留学時代とその後の自分を支えている。

ここまで築き上げた会社を、さらに飛躍させていかなければならない。起業だけなら誰でもできる。その経営をきちんと軌道に乗せたあとは、業績を確実に伸ばしていかなければならない。そして貯えた資産を的確な投資に回す。

只沼も言っていたように、目先の利益と先行投資のバランスが難しい。「Discover J」はここでしっかり資産を貯え、次のステップに進まなければならないのだ。

拓朗はパソコンをスリープから叩き起こすと同時に自分の頭も叩き起こして、強引に仕事モードに切り替えた。

◆◆

只沼との会合はかねてからの根回しが効力を発揮して、難しい交渉はほとんど必要なかった。ただし、スーツケースは二個までで重量制限もついたが、それはどこの航空会社でもほぼ同じ条件なので仕方がない。

細かい取り決めは後日書面をもって交わすこととして、その日は一時間あまりで打ち合わせが終わった。拓朗が書類を片付けていると、会議用の大きなテーブルの向こうから只沼が声をかけてくる。

「ああ、野口くん、ちょっといいかな？」

一度はブリーフケースを手にしたが、実は拓朗のほうも只沼に話があった。そこで、この場に一緒にきていた金子に、一足先にロビーに降りていってくれと合図をする。そして、只沼の部下たちも一礼をして出ていくと部屋は二人きりになった。

「何か、補足事項でも？」

契約内容はほぼ同意に至ったが、細かい補足が只沼から入るなら拓朗のほうも検討の余地はある。だが、只沼は今一度拓朗に席を勧めると、さっきまでと違いテーブルを挟んだ向かいではなく彼もすぐ隣に座って足と腕を組む。これは仕事の話ではなく、完全にプライベートに関する話をするときの体勢だ。

おそらく、あの夜のことがばれたのだろう。あるいは、伊知也が話していなかったとしても、外泊してきたことで二人の間に何かあったのではないかと勘ぐっていても不思議はない。人の愛人に手を出したのだから、責められるのは当然だ。でも、拓朗にも譲れない気持ちがあった。だから、正直に事実を打ち明けようと思っていた。自分は中途半端な気持ちで伊知也を抱いたわけじゃない。それなりの覚悟を持ってあの夜を一緒に過ごしたのだ。

そして、そのことで只沼がさっき取り決めたばかりの内容を反故《ほご》にすることはないと信じている。彼はビジネスはビジネスと割り切って、そこにけっしてプライベートを持ち込む人間ではないからだ。

ところが、拓朗のすぐ横に座って腕を組んだまま、只沼はちょっと複雑な表情で黙っている。その沈黙の気まずさに耐え切れず、拓朗のほうから話を切り出した。

「実は、わたしも只沼さんとお話ししたいと思っていたんです」

そういうと、拓朗は三百万の額面の小切手をテーブルの上に置き、只沼の前まで押し出した。

「これは？」

小切手を見た只沼が怪訝《けげん》な顔になる。額面を見ただけではどういう意味の金かわからなくて当然だ。

「伊知也が借りていた金です」

「ああ、あれね。で、なんで君がそれをわたしに返済しているんだい？」

只沼は怪訝な表情になっているが、べつに慌てたり困惑した様子もなく平静だ。なので、拓朗も心を落ち着けたまま、自分がこれを用立てた理由を告げる。

「伊知也は自分が自立するためには、借金のことを含めていろいろとけじめをつけないといけないと言っていました。わたしは彼の友人として、その手助けをしたいと思って用意しました」

只沼は小切手を手でつかむと、それをヒラヒラと振りながら言う。

「なるほどね。三百万をポンと立て替える友人ね。なかなか美しい友情だな。というか、それって本当に友情なのかな？」

三百万を用立てて愛人関係になった只沼に言われると、言葉に詰まる。そして、二人の間でまたしばらく沈黙が続いた。

「あの……」

拓朗が意を決して伊知也と一線を越えたことを告白しようとしたときだった。それを遮るようにして、只沼が言った。

「昨日、伊知也が家を出たよ」

「えっ、き、昨日ですか？」

拓朗の部屋に泊まってからまだ三日しか経っていない。こんな短時間に「けじめ」がついたのだろうか。それに、只沼に借りていた金はどうするつもりだったのだろう。まさか、踏み倒して逃げたわけではないと思うが、もしそうであったならこの小切手を用意してきてよかった。

伊知也がどんな人間であれ、惚《ほ》れた弱味なのだ。彼の後始末は自分がしてやればいい。少なくとも、只沼に対しては、自分の初恋の相手を路頭に迷わせずにいてくれた感謝の気持ちのようなものだった。

だが、只沼はその小切手にはたいして興味もないように、テーブルの上に投げ出した。

「正直なところ、そんなものはどうだっていいんだよ。最初からあげたつもりの金だったし、伊知也に返済を求めたことは一度もないよ」

「そうなんですか？」

それでも、伊知也が借金のことを気にしていたのは事実だ。だとしたら、額面よりもその理由が問題なのだと思った。

「あの、伊知也がまとまった金を借りることになった理由はなんなんです？　只沼さんはご存知なんですよね？」

「もちろんだよ。君は借金の理由を聞いてないの？」

「彼が言いたがらないので……」

すると、只沼は組んでいた腕を解《ほど》き、片肘をテーブルについて言う。

「伊知也が君に理由を言ってないなら、わたしの口からは言うわけにはいかないだろう。でも、それを知ってどうするつもり？」

「いや、どうというか……」

正論を言われて、俯き加減でしどろもどろになる。だが、投げ出された小切手を手にすると、それをもう一度只沼に差し出した。

「でも、これはやっぱり受け取ってください。伊知也の『けじめ』がどういうものかわたしにはわかりませんが、これはわたし自身の『けじめ』だと思っていますから」

「野口くんのね。それは、もしかして間男としての『けじめ』かな？」

いきなり歯に衣《きぬ》着せぬ言葉に、ぎょっとして顔を上げた。やっぱり只沼は何もかも知っているのだ。けれど、その表情にはけっして怒りも憎しみもない。むしろ、どこか愉快そうに頬を緩めている。

そして、ゆっくりと立ち上がると、目の前に差し出されたままの小切手を人差し指と中指の間で挟んで持った。

「そういう意味なら、これはとりあえず預かっておこうかな」

それから、いつもの拓朗らしくない姿を興味深そうに眺めていたかと思うと、肩をポンポンと叩き部屋を出て行こうとする。

「あの、只沼さんっ」

名前を呼ぶと彼は振り返らず、その場で足を止める。その背中に向かって拓朗がたずねる。

「伊知也は今どこにいるんですか？　どこか行くあてがあって出て行ったんですか？」

「それも、伊知也が話していないなら、わたしの口からは伝えられないな」

そして、ドアを開けるとさらに言った。

「また相談に乗ってやってよ。ただし、あんまり話したがらない過去は触らないでやってくれ。いつでも飄々《ひょうひょう》とした態度に見せかけているけど、あれはあの子なりの仮面でね。実はかなり繊細で寂しがり屋なんだよ。じゃ、そういうことで」

只沼が出て行った会議室で、拓朗も立ち上がったもののその場で考え込んでしまう。が、すぐに我にかえったように携帯電話をスーツの内ポケットから取り出して、伊知也の番号を押す。

『おかけになった電話番号は現在使われておりません……』

通じなかった。携帯電話も只沼に与えられていたもので、家を出るときに解約したのかもしれない。

いったい、伊知也はどこへ行ってしまったのだろう。一人で大丈夫なのだろうか。

只沼に言われなくても、伊知也が寂しがりなのは知っている。ただ、伊知也は只沼の前では、高校のときのように可愛く猫を被っているのかと思っていたのだ。だが、そうじゃなかった。只沼は伊知也の本質を知っていた。きっと伊知也も只沼にはちゃんと自分自身を見せていたのだ。それは、それだけ只沼を信頼していたからだろう。

そして、只沼は伊知也の過去を知っている。伊知也が拓朗には話そうとしなかった過去も知っていて、あえてそれを追及してやるなと釘を刺された。

それほどまでに人に言えないようなことをしていたのだろうか。そのとき、脳裏に蘇《よみがえ》ったのは信田の話だった。最悪のタイミングで彼の言葉の数々が思い出される。

あの噂がすべて本当だったとしたら、只沼はそんな伊知也の感心しない所業もすべて納得のうえで金を工面してやり、生活の面倒をみてきたということだ。

只沼のことはそれほどまでに信頼していても、拓朗には過去を話すほど心を許していない。要するに、そういうことらしい。

きっと只沼は居場所も知っているに違いない。伊知也が家を出たことを寂しく思っていても、彼がそれほど心配していないのはそのせいだ。

拓朗はブリーフケースを持って会議室を出ると、金子の待つ一階のロビーに向かう。

『洋一郎さんのところを出て落ち着いたら、また連絡する』

そんな短いメモに浮かれていた自分は本当に馬鹿だ。考えてみれば、なんの捻《ひね》りもない。

(何が伊知也らしいだよ……)

腐ってもホストだったなら、もう少し客を喜ばせるような陳腐な言葉でも書いていけばよかったのだ。それなのに、そんなメモ一つに踊らされた自分は、いかにも恋愛に不慣れなちょっと金のあるカモの典型だったのだろう。そして、まんまと只沼への借金を肩代わりしてしまった。

それでも、べつに金を惜しいとは思わなかった。三百万をはした金という気はない。社長などと呼ばれていても、実際は必死で働いてこつこつ貯《た》めた金だ。

ただ、伊知也は初恋の相手なのだ。彼のためになったのなら、もう騙されてもなんでもいいような気がしていた。

本当に初恋は厄介《やっかい》なものだ。

『見下す程度の男に興味はないわ。欲しいのはわたしを服従させることができる人』

ツルゲーネフの名作「初恋」のヒロインは、彼女に恋する主人公の気持ちを知りながらけぬけとそんなことを言って、結局は主人公の父親に道ならぬ恋をしていた。

伊知也にとって拓朗は利用できるけれど見下す程度の男でしかなく、只沼は大きな器で伊知也を服従させることができる人間ということだろうか。

ホールでエレベーターを待ちながら俯いて自分の足元を見ているうちに、なんだかわからない笑いが込み上げてきた。そして、やってきた無人のエレベーターに乗り込んだとき、拓朗はたまらず拳で一つ壁を叩いたのだった。

◆◆

「まったくよぉ。しばらく顔を見せないと思ったら、雑誌にあれこれ書き立てられやがってっ。どこの有名人のつもりだ？」

夏のトップシーズンが終わりすっかり秋めいてきた頃、ようやく仕事がひと段落したところで拓朗は母親の電話に呼び出され実家に顔を出した。

玄関先で靴を脱いでいると、派手なヤシの木の模様が散らばった短パンと白い縮緬《ちりめん》のシャツ姿の父親に頼んでもいない出迎えを受ける。もはや昼間の残暑も鳴りを潜めつつあり、夜には涼しい風も吹いているというのにその浮かれたスタイルには内心溜息が漏れた。

そして、父親の手には似合わない経済雑誌が丸めて握られている。拓朗のインタビューが掲載されている雑誌だった。まるでスキャンダルを暴き立てられたかのような言い草だったが、けっしてそうではない。

「それ、わざわざ買って読んだのか？」

某経済雑誌の全国版で「日本の若手社長五人」という特集を組んでおり、その中の一人として拓朗も取材を受けていたのだ。

「へっ、俺がこんなすかした雑誌なんか買うかよ。母さんだ、母さん」

そういうと、その雑誌のページを乱暴にめくりながら、奥の居間へと戻っていく。拓朗はそんな父親のあとをついて廊下を歩きながらも、ふとその後ろ姿が少し小さくなっていることに気がついた。

父親ももう来年には六十になる。融通のきかない頑固親父が、こんな不況の世の中でこんなしがない町工場をよく潰《つぶ》さずにやってきたものだといまさらのように感心した。やっぱり父親は偉大で、息子は父親の背中を見て育つものなのだと実感する。

ただし、同じ社長の立場だからこそわかる苦労もあるとはいえ、ここまでタイプが違うとどうしても相容《あいい》れないものもある。

「おーい、母さん、ビール。それと、こちらの有名人の社長さんには一本一万円のビールをサービスしてやんな」

久しぶりに顔を出した息子に、どうしてそういう憎まれ口が叩けるのだろう。還暦前だろうが、背中がちょっと小さく見えようが、この親父は全然大丈夫だと思った。

(当分、殺しても死なないな……)

「拓朗、おかえり。はい、これが一万円のビールで、こっちがお父さんの普通のビール」

いつもと変わらず笑顔の母親が、まったく同じ缶のビールを座卓に置いた。それをグラスにそそぎ、ふて腐れたような父親とガチンと無骨な乾杯をして、一気に半分ほど飲み干した。

「それにしても、すごいわねぇ。雑誌のインタビューだなんて、ご近所にも鼻が高いわぁ」

母親は父親と違って単純に喜んでくれている。そして、彼女は父親と違い息子のビジネスのことにも興味津々だ。「Discover J」の経営状態など、けっこう突っ込んだ質問をしてくる。だが、行き着くところは下世話な好奇心で、雑誌の写真を指差して訊く。

「ねぇねぇ、このLCCの会社ってすごいの？　社長さん、ダンディねぇ。この人と会って話したりするの？」

それは、只沼との特典契約を交わしてから初めてのフライトのときの、空港で撮ったツーショット写真だった。二人とも笑顔で握手しているが、正直このときの自分の胸の内はあまりにも複雑だったのを覚えている。

だが、プライベートの悩みをよそにこの夏のビジネスは順調だった。国内LCCでもスーツケースを二個まで無料であずかる特典サービスにより、「Discover J」を利用した北米の観光客は前年比で30％の伸びで、ヨーロッパからも10％は数字を上乗せすることができた。短期予測の目標売上高を大きく上回り、社員には特別賞与も支給した。会社は大きく資産を貯え、北米の代理店と東京の本店にそれぞれ人員を増やし、次への展開のための投資を検討している最中だ。

そして、伊知也からの連絡はまだない。本当は何をおいても彼の居場所を捜したかった。けれど、そんな自分を押しとどめて、仕事に没頭してきた夏から秋だった。

伊知也は連絡するとメモを残した。だから、その連絡を待っている。馬鹿だと思うけれど、あのメモは未だに冷蔵庫のドアにマグネットで貼られたままだ。

「それにしても、近頃は若い人がすごいのねぇ。この雑誌の若社長さんもすごいけど、こっちの雑誌に載っている技術者さんっていうのもすごいのよ」

そう言った母親は、ＩＴ関連の業界誌を卓に広げてみせる。

「なんで、こんな雑誌を買ってんだよ。普通、その歳だと『主婦と○○』とか『○○倶楽部』とかだろうが」

ビールを飲みながら母親の手料理をつまみ、広げられた雑誌をチラリと見る。

「拓朗の載っている雑誌を買ってたら、この雑誌が創刊したばかりで半額で買えるっていうもんだから」

同じ出版社が出している雑誌だが、拓朗が取材を受けたのは経済に特化した雑誌で、創刊されたのはウェブデザイン関連の業界誌だった。

経済もコンピュータも縁遠そうな主婦にこんなものを抱き合わせで売るなんて、出版社の販促とはいえ商店街の本屋も阿漕《あこぎ》な商売をしている。だが、母親は案外そんな業界誌も楽しんでいるのか、開いたページの写真を指差して言う。

「ほらほら、この子なんてアイドルみたいよ。これで拓朗と同じ歳だなんてねぇ。ちょっとびっくりだわ」

それは、誰を褒めて誰を落としているんだと訊きたいが、面倒なのでやめておく。

結局はどんな雑誌を見ても主に写真を楽しんでいるだけらしいが、自分と同じ歳でびっくりのアイドル顔とやらに少し興味を引かれ、グラスを片手に誌面をのぞき込む。

どうやら新進のウェブデザイナーの紹介記事らしい。

「どれだよ？　だいたいウェブデザイナーなんて、こもりっぱなしの暗い仕事だぞ。アイドルっぽいのなんているわけないし……」

軽口を叩きながらビールをもう一口飲んで母親の指差す写真を見たとき、思わず力一杯むせて口に含んでいたものを噴き出した。

「いやだっ、拓朗、汚いわねっ」

「馬鹿野郎っ。酒を噴き出す奴がいるかっ」

両親によってたかって怒鳴られて、慌ててそばにあった台布巾《だいふきん》でテーブルやら自分の胸元やらを拭《ふ》く。けれど、噴き出したのは仕方がない。

母親がアイドル顔といったそのウェブデザイナーは、まさに拓朗の高校のアイドルだった男なのだから。

（い、伊知也……っ。な、なんで……っ？）

持ってきてもらったタオルで濡れた雑誌を丁寧に拭いて、その写真の横の記事を目を皿のようにして読む。

『昨今話題のＬＣＣ会社のウェブデザインを手がけた他、フリーになってからは企業の依頼によってウェブサイトのプロデュースや戦略立案、コンサルティングなども担当する。アーティスティックなデザインと斬新なカラーコーディネートに独特のセンスを発揮している新進のウェブデザイナー』

名前は小島伊知也とあって、写真はパソコンやそれに付随する機器に囲まれた場所で頬杖《ほおづえ》をつきながらモニターを見つめている姿だった。

カメラマンもおそらく力が入ったのだろう。抜群に見栄えのする角度からのショットで、伊知也の写真だけがまるでファッション雑誌から切り取ったようだった。

ウェブデザインはほとんどがチーム作業なので、一人のデザイナーだけが突出して注目を集めることは少ない。だが、近頃はそんな中でもデザイナー個人の仕事が認められるようになっている。この雑誌に特集されている伊知也を含めた数人は、皆が大手企業で勤めたのちにフリーになっていて、それぞれに活躍の場を得ているようだ。

「なんだよ。こういうのはアメリカのほうが先をいってんじゃねぇのか？」

父親も適当に話題に入ってくるが、正直何がすごいのかはわかっていないのだろう。

「そりゃそうだけど、日本も極端に遅れを取っているわけでもないさ」

「へぇ～、そういうもんかね」

どっちでもいいような返事をすると、母親にもう一本ビールを持ってきてくれと頼んだとき、玄関から声がした。

「おーい、いるかい？」

もはや家族も同然の梅原《うめはら》の声だった。父親は居間から這《は》うようにして廊下に顔だけを出し、梅原を手招きする。

「よぉ、ウメさん。うちの放蕩《ほうとう》息子がきてやがるけど、上がって飲んでけよ」

息子なのにまるで邪魔者のように言われて、伊知也の載った雑誌を手にしたまま拓朗は自分の座布団を梅原に譲る。

「おや、若社長、久しぶりだな。あっ、そうだ。いいもん見せてやるよ」

そう言うと、梅原は手に持っていたジャケットのポケットから何枚かの写真を取り出した。

それは梅原の孫の写真だった。彼は休日になると孫にちょっとしたオモチャや土産を持って、嫁いだ娘の家に遊びに行くのが楽しみなのだ。今日もその帰りらしい。

「ほら、可愛いだろう。これがまた誰の血を引いたのか利口でな。まだ六歳と四歳だってぇのに、英語で名前とか歳とか言うんだぜ。俺のことも『グランパ』とか呼んじゃってよ。なんか照れちゃうね」

孫にデレデレの梅原に、おそらく孫など抱けそうにない父親がふて腐れたように言う。

「何が『グランパ』だよ。いつもは二日酔いで『ゲロッパ』って顔じゃねぇか」

「違いねぇや」

そう言うと、二人は顔を皺《しわ》くちゃにして笑っている。そして、母親が持ってきたビールとグラスを受け取ると、梅原は写真を返した拓朗に向かって言う。

「だからよ、若社長もさっさと結婚しなって。で、親父さんたちに可愛い孫を抱かせてやりなよ」

またその話かと耳を塞《ふさ》ぎたくなったが、今夜は珍しく母親が意図せずに助け舟を出してくれた。

「それより、ウメさん。あの話はどうするの？」

「あの話って？」

「いやだ、すっとぼけないでよ。またどっかの会社から、アジアの工場へ技術指導にきてくれって誘われてるって話じゃないの。お金だって待遇だって、驚くほどいいって聞いたわよ」

そう言うと、母親は拓朗のインタビューが載っているほうの雑誌をまた開き、日本の技術者がいかに世界で求められているかという記事を梅原に見せる。

アジアの発展途上国では労働賃金の安さゆえに、多くの日本メーカーが進出して現地の工場で部品の製造をしている。それらの工場では常に日本の優秀な技術者を求めていて、高齢の梅原にも未だに話が舞い込んできているようだ。

もちろん、話は工場の社長を通してきているだろうから、父親も複雑な表情でビールを飲んでいた。それを見て、母親が父親の肩を揺さぶりながら言う。

「お父さんもちゃんとウメさんを引き止めてよ。ウメさんがいなくなったら、うちの工場は大変なことになっちゃうんだから」

「そんなことはわかってるよっ」

せっかくの酔いが冷めそうな勢いで父親が言う。そして、ちょっとしんみりした顔で、チラッとだけ梅原を見て言った。

「そんでも、しょうがねぇんだよ。もしウメさんが行きたいっていうなら、こんなしがない町工場に引き止めておくわけにはいかないだろう」

「親父、本当にそう思ってんのか？」

てっきり父親は母親とともに泣き落としてでも梅原を止めると思っていたのだが、思いがけない言葉には母親以上に拓朗が驚いた。だが、父親はビールのグラスを卓に置くと、滅多に見ない真面目な顔で言う。

「昔と違って六十なんてのはまだまだ働き盛りなんだよ。ウメさんがその気になりゃ、世界一の金型造りの技を大勢の人間に教えてやれる。俺は最近思うんだよ。ウメさんみたいな日本の宝を、俺が独り占めしてていいもんかってね。この工場は、多分俺の代で終わりだ。今でも一番若いのが四十前だ。ここじゃウメさんの後継者は生まれないからな」

これだけ集まれば賑《にぎ》やかなはずの居間が、いつになくしんみりと静かになった。だが、そんな空気を梅原が大きな声で「ガハハ」と笑って変える。

「まいったねぇ。そこまで買い被られちゃ、グランパ照れちゃうねぇ」

どう見ても「グランパ」って顔じゃない梅原が薄くなった髪をかき上げる真似をして言うので、母親が思わず噴き出していた。だが、梅原はニコニコと笑いながら父親に向かって言う。

「だがな、社長さんよ。俺はどこにも行かんよ。もうこの歳だ。それに、この工場が気に入ってる。何より、外国なんか行っちまったら、孫にもしょっちゅう会えなくなる。そんなのは寂しすぎるからな」

「ほ、ほんとか？」

まだ心配そうにたずねる父親に、梅原がしっかり頷く。

「俺はもういいよ。日本で残せるだけの技術を残す。でもな、その技術を持って、若い連中には世界で活躍してほしいと思うよ。ほら、若社長みたいに早いときから世界を見てりゃ、英語もペラペラで人間も大きくなる。そうやって日本人が教えるものもあれば、あちらから教えてもらうこともあるだろうさ。孫が大きくなる頃には、ずいぶんとおもしろい世の中になってんだろうなぁ」

しみじみ言う梅原の言葉に、思わず聞き入っていた。道を極めた人だからこそ言える言葉だと思った。梅原のようないぶし銀のごとき職人が日本には大勢いて、そういう人たちがこれまでの経済成長を支えてきたのだ。

だが、これからは拓朗たちの時代で、自分はいったい何ができるのだろうかと考える。梅原の言葉にはたくさんのビジネスのヒントがあるように思えたのだ。

だが、そんな拓朗の思考をぶち壊すように、父親が大声を上げる。

「ウメさんよぉ。あんたは男だっ。俺はあんたに惚れ直したよ。もう、絶対にどこにも行かせねぇからなっ。ずっとうちのウメさんだからよぉ」

半ベソをかきながら梅原に抱きつく父親の姿はあまりにも暑苦しい。秋めいてきた夜が一気に熱帯夜に戻ったようだ。

「なんだ、なんだ。気持ち悪りぃな。わかったから、離れてくれよっ」

頬にキスをされんばかりに抱きつかれていた梅原に思いっきり顔を押しのけられた父親が、母親のほうへ向き直ってもう一本ビールと空になったグラスを持ち上げる。

いつもならとっくに飲みすぎだと叱《しか》る母親も、今夜はいそいそと台所にいって新しいビールの缶を三本持ってくる。それであらためて乾杯をして、母親が運んでくるつまみを食べながら遅くまで宴会になった。

自分のマンションに帰る前に小腹が空《す》いて、用意してもらったお茶漬けをかっ込む頃には、梅原と父親は居間で折り重なるように寝こけていた。

そんな兄弟のようなおっさん二人に布団をかけてやりながら、母親は拓朗に結婚のことをたずねる。

「本当にね、どんな人でもいいのよ。そりゃ、ウメさんを見ていると羨ましいって思うけど、孫が抱きたいからなんて理由じゃないの。ただね、一人きりの人生は寂しいでしょ。母さんは父さんと一緒で楽しかったし、今も毎日が楽しいの。拓朗も一緒にいて幸せになれる人なら、それでいいんだからね」

だから、好きな人ができたならいつでも実家につれてこいと言われて、思わず母親には本当のことを言いそうになってしまった。

自分は女性とはやっていけない。ずっと好きなのは同性で、その雑誌に載っているアイドルみたいな顔をしたウェブデザイナーの青年だと……。

でも、言わずにおいた。いつか打ち明けなければならない日もくるだろう。でも、今夜でなくていい。今夜は機嫌よく酔っ払った父親たちの姿を見て、母親の美味《おい》しい手料理をたらふく食べて、それで充分幸せだった。

翌日、拓朗は出勤途中の本屋で例の伊知也が載っていたＩＴ関連雑誌を購入した。オフィスに着いて、いつもどおりマフィンを食べながら金子の淹れてくれたコーヒーを飲み、デスクの上に雑誌を広げる。

只沼の家を出て約三ヶ月。一人暮らしをしながら、こんな仕事を始めていたなんて思いもしなかった。

（始めたっていうか、やっていたってことか……）

以前には話題のＬＣＣ会社のウェブデザインを、デザイナーの一人として手がけたとある。つまりは只沼の会社の仕事をしていたのだ。

今思い出してみれば、いろいろと引っかかる言葉はあった。

『大丈夫だよ。これは俺の金だから。ちゃんと労働の対価として得た金だから、安心して飲んで食べてよ』

『俺もそれなりにやることはあるし。まかされていることもあるからね』

それに、今になって冷静に考えたら、伊知也からの最初の電話は只沼のオフィスの番号だった。また、会社の近くにある中華レストランでランチを摂ると聞いたときも、家からわざわざ出てくるのかと奇妙に思ったのだ。

ウェブデザインの仕事だったら、必ずしも出勤してオフィスでやる必要もない。だが、ときにはチーム作業の必要性もある。営業職や事務職と違い、ＩＴ関連は契約社員を使っている企業も多い。伊知也もきっとそういう立場で働いていて、必要があれば出勤し、そうでないときは自宅で仕事をしていたのだろう。

高校の頃からパソコンが好きで、ＩＴクラブに入っていたくらいだ。只沼の会社で経験を積んで、ウェブデザイナーとして腕を磨いていたからこそ、フリーへの道が開けたのだ。

今回雑誌で取り上げられたのは、只沼の根回しもあったかもしれない。だが、コネだけでなく、技術面と彼の独特のセンスが評価されているのは確かだ。只沼の会社のサイトは、同じエアライン業界の中でも際立って斬新でお洒落《しゃれ》だと評判なのだ。伊知也のアイデアも少なからず盛り込まれた結果だと思う。

今にして思えば、只沼はいずれ伊知也がこうして自立することはわかっていたのだ。ただ、その時期が思っていたよりも早かったから案じていたのだろう。でも、伊知也はちゃんとやってのけた。フリーのウェブデザイナーとしては駆け出しだから苦労も多いと思うが、きっと彼なら頑張れるに違いない。

結局、自分は伊知也という人間をいろいろと見くびっていたということだ。彼が只沼の愛人だと信じて疑わなかった。もちろん、それも事実だったと思うが、二人の関係はそれだけではなかったのだ。

伊知也が言っていたとおり、二人はまるで擬似親子のような関係でもあったのだと思う。只沼は息子の成長を見守るように伊知也の人生をサポートして、伊知也は只沼が忙しい仕事の合間にふと感じる孤独を埋めてやっていたのだ。

なのに、拓朗は信田のくだらない噂話をどこかで鵜呑みにしていた。只沼と伊知也の関係を表面的にしか捉《とら》えようとしなかった。

あのときの精神状態で伊知也から過去の話を聞かされていたら、自分はどんな反応をしたのだろう。その過去がどんなものであっても、只沼のようにしっかりと真正面から受けとめることができただろうか。そして、過去は過去だと言い切って、この腕に力をこめて伊知也を抱き締めることができただろうか。

結局、何もわかっていなかったのは自分だけだ。何もわかろうとしていなかったのかもしれないとも思う。十年の初恋に縛られていた拓朗は、伊知也という人間の成長や変化を受けとめようとせず、相変わらず高校時代の彼の面影を追い続けていたのかもしれない。

（こんな節穴の目でしか物事を見られない奴になんか、本当のことは言えるはずないか……）

心で呟《つぶや》くと自嘲《じちょうてき》的な笑みが漏れて、伊知也と最後に会った日のことが思い出される。明け方まで部屋にいた彼の姿が忽然《こつぜん》と消えていて、それでも拓朗は一枚のメモに浮かれていた。あれからずっと冷蔵庫の扉に貼られたメモは、拓朗にとっての戒めとなった。以前は身支度のときに鏡に向かって自分自身に発破をかけていた。近頃は、伊知也のメモの前で己の生き方を見直している日々だ。

そのとき外線電話が入り、オフィスのほうで金子が出ている。拓朗も雑誌を閉じて、今日の仕事に取りかかろうとしたら、拓朗のデスクの電話が鳴った。外線電話は只沼からだった。

『携帯のほうへかけようかと思ったけど、一応仕事の話もあるのでこっちの番号にしたよ』

明確にではないが、仕事関連は会社の番号に、プライベート色の強い内容は携帯電話にと使い分けをしている相手は取引関係の中でも大勢いる。只沼もそういう一人だ。

仕事のほうの内容は、来年から国際線への進出のため本格的にプロジェクトを始動するので、拓朗たちのような代理店から顧客のデータを集めたいとの内容だった。もちろん、持ちつ持たれつの関係だから、協力は惜しまない。

「やっぱり、アジア路線ですかね？」

『そうなるだろうな。だが、北米やヨーロッパの観光客だけじゃ利益率が上がらない。別のことに特化した路線を作りたいと思っているよ』

ベーシックなアイデアは拓朗も同じだ。北米やヨーロッパの客が日本以外のアジアへ飛ぶなら、まずはシンガポールや韓国の空港を利用する。日本からアジアへの便でも、競合するLCCは増えつつある。只沼の「ファーイースト・ジェット」なりの特徴と、ターゲットを絞った戦略が競争に勝ち残るポイントになるだろう。

細かい話はまた会ってゆっくりと打ち合わせをしようと言われた。たかが一代理店の拓朗ごときをこうやって引き立ててくれるのも、只沼の面倒見のよさゆえのことだ。個人主義のアメリカで苦労してきた反動なのか、人を育てようという意識の強さには梅原に似た職人気質を感じる。

『ところで、伊知也から連絡はあったかい？』

仕事の話が一区切りついたところで、いきなり伊知也の話題が出た。

「いいえ。でも、彼がウェブデザイナーとして独立して頑張っていることは雑誌で見ました」

『可愛いだけじゃなくて、なかなかやるだろう?』

まるで自分が育てた息子のように自慢されてしまい、思わず苦笑が漏れる。

「正直、彼のことを見くびっていました。上辺《うわべ》のことに惑わされていた自分を猛省していますよ。伊知也から連絡がこないのは、見限られたからかもしれません」

只沼は電話の向こうで笑っている。もちろん、馬鹿にした笑いじゃない。呆《あき》れているわけでもない。悩んでいる若者を見守り、励ましている笑いだとわかる。

『いろいろ悩んでいるようだから、若社長に一つだけ教えてやるよ。伊知也はわたしが初めての男だ。わたし以外に抱かれたことはないよ』

「え……っ、そ、そ、そうなんですかっ?」

まんまと只沼の手のひらで転がされるように反応してしまったら、また受話器の向こうで忍び笑いが聞こえた。

『あの歳だから、女の経験は知らんよ。でも、間違いない。男はわたしが初めてだ。それから、もう一つ。今日は出血大サービスだ。あの子がホストをやっていたのは聞いているんだろう?』

「ええ、まぁ……」

噂に踊らされた苦い過去があるので、曖昧に頷くしかなかった。

『あれも、いわば彼なりの保身だ。もっとも、ホストクラブにもわたしみたいな男が出没することもあるから、油断はできないって勉強しただろうけどね』

「えっ、ホストクラブに？　只沼さんが？」

『けっこう楽しいぞ。もちろん、女の子同伴で行くんだけどね。どうしようもないホストがほとんどだけど、中にはちょっとおもしろい子もいたりする。伊知也みたいにね』

拓朗ではまったく思いつかない、バイの人ならではの遊び方だと思った。拓朗の場合、ゲイの集まる店で気軽に酒を飲むか、完全に接待で女性が接客してくれる高級クラブに行くくらいだ。

そして、只沼の言うところのホストが伊知也にとっての保身というのも、なんとなく理解できる。あの顔と体でゲイバーに勤めていたら、それこそ身の危険が多すぎてやっていられなかっただろう。

『もう、これ以上は教えてやらないぞ。だいたい君は俺の大切な掌中の珠《たま》を奪った不届き者だからな』

「反省しています。でも、一つだけ言い訳させてください」

『なんだ？　申し開きがあるなら言ってみなさい』

裁判官のような難しい声色を作る只沼に、拓朗が正直に告白する。

「伊知也はわたしの初恋の相手なんです。高校に入学して会ったときから十年。ずっと思い続けてきた相手です。思いがけない再会をして、いろいろと戸惑ったあげくにしくじってしまったかもしれないけど、やっぱり好きだという気持ちに変わりはないです」

『十年初恋か……』

只沼が呟くと、今度は小さく喉を鳴らして笑った。

『幸運を祈っているよ、若社長』

そんなエールとともに電話が切れた。拓朗もまた久しくすがすがしい気分でデスクから立ち上がり、窓に映った自分に向かって以前のように気合の言葉をかけてみるのだった。

◆◆

只沼と電話で話した日の夜だった。

秋の紅葉ツアーが本格的に始まるまでは、比較的仕事も企画が中心になる。誰もが定時に帰宅して、最後に金子が拓朗に声をかけてオフィスを出て行った。

拓朗もデスク周りを片付けて帰宅の準備をしていると、携帯電話からメールの着信を知らせるメロディが鳴った。まだ七時を過ぎたばかりだから、仕事の取引先の可能性もある。拓朗がすぐにディスプレイをチェックしたとき、一瞬目を見開いてしまった。

『会いたいな』

たったそれだけの短い文面だった。差出人の名前を見れば「I・K」のイニシャルだけ。登録されているアドレスからではなかったので、そのイニシャルから差出人を推察するしかない。だが、考えるまでもない。

(伊知也……)

そういえば、あの夜も酔っ払った伊知也から「会いたい」という電話がかかってきて、舞い上がった自分はオフィスを飛び出して行った。

イニシャルをじっと見つめながら伊知也の顔を思い出せば、またこの胸がせつなく締めつけられる。

『洋一郎さんのところを出て落ち着いたら、また連絡する』

今も部屋の冷蔵庫に貼ってあるメモ書きを思い出し、本当に連絡をくれたのだと思うといても立ってもいられなくなる。

拓朗はメールに返事を打った。

『今からあのバーで』

同じように短い文面だった。言いたいことは山ほどあるが、メールなんかでは何も伝わらない。とにかく会いたい。一刻も早く、彼の顔が見たかった。

返事を待たないままに、あの夜と同じようにオフィスを飛び出した。

何度か一緒に飲んだホテルの最上階のバーは伊知也のお気に入りの場所だ。高い場所が好きだと言って、拓朗の部屋からの景色も楽しんでいた。

高いところから見下ろす街は、伊知也の目にはどんなふうに映っていたのだろう。世の中の何もかもがちっぽけだと感じると同時に、拓朗はそのちっぽけな中であくせくと働いている自分を強く意識して、何か空虚な心持ちになることがある。

仕事で成功しても、自分の気持ちを満たしてくれる人のいない人生は虚《むな》しい。拓朗の年齢でさえ、それをひしひしと感じる。きっと只沼が伊知也を可愛がりそばに置いていたのも、そんな気持ちが強かったからだろう。

伊知也は拓朗の気持ちを満たしてくれる。彼がそばにいてくれたら、自分はもっと強くなれる気がする。けれど、伊知也自身は拓朗によって心満たされることがあるだろうか。

只沼の「この子は若造の手に負えないぞ」と言っていた言葉が、ぐっと重みを持って思い出される。只沼くらいの男でなければ無理ならば、拓朗程度の男はどう向かえばいいのだろう。出会った日から十年という年月、ずっと引きずってきた初恋への思い。それだけが拓朗の真実で、伊知也に対して示せる己の誠意だ。

オフィスの前の道でタクシーを拾って後部座席に座り、窓から流れ行く街の景色を眺めながら逸《はや》る気持ちを懸命に抑える。この気持ちが紛れもなく恋なんだと思い出す。高校の頃の思いもそのままに、拓朗は伊知也に会える喜びに胸の高鳴りをひしひしと感じていた。

タクシーがホテルの前についで焦ってロビーに飛び込んだが、そこでハタッと足を止める。メールを送ったのはほんの二十分ほど前だ。伊知也からの返事のメールもない。

いきなり「今から」と言われて、困っているかもしれない。もしきてくれるつもりだったとしても、拓朗からのメールを受け取った場所がどこなのかわからないし、まだここへ向かっている途中という可能性もある。

ここで初めて後先を考えずに飛び出してきた自分に気がついて、思わず苦笑を漏らす。とりあえず先にバーに行って待っていようとエレベーターに向かうとき、一階のカフェの横の花屋がまだ営業しているのに気がついた。

時間潰しがてらそこへ入ってみると、すぐに女性の店員がやってきてどんな花を探しているのかをたずねられる。目的があって入ったわけでもなかったが、そのときふと思い立って彼女に相談してみる。

上のバーで待っている人がいるので、派手すぎず大きすぎないブーケを作れるか訊いてみた。

「恋人ですか？　だったら、やっぱりバラがお勧めですけど、何か希望の花はございますか？」

きっと店員の頭の中では、若い女性の姿が思い浮かんでいるのだろう。だが、伊知也のイメージはバラではない。華やかさよりもどこか真っ直《まっす》ぐに芯の通ったものを感じるし、同時に周囲から身を引いているような孤立感があった。

ふと目をやった先にピンク色のガーベラがあった。たまたま横にカスミソウが飾られていたせいもあるが、たくさんの小さな花が固まって咲いている姿に比べて、真っ直ぐに立っている花が開いている様は物怖《ものお》じを知らず、そのくせ少し寂しげでもある。

（ああ、これだな……）

そう思った拓朗はピンクのガーベラを三本、茎は長めのままセロハン紙にくるんでもらった。リボンの色を聞かれたので、緑色にしてもらう。ずいぶんと色気のないブーケになって、店員がちょっと心配そうな顔をしている。

こんなブーケを差し出して、バーで待っている女性にふられはしないかと案じてくれているのだろう。だが、拓朗は満足したようにそれを持ってエレベーターに乗り込む。エレベーターの奥の壁には鏡が貼られていて、ブーケを持っている自分が映っていた。

なんとも滑稽《こっけい》な姿に見えた。もしかしたらこないかもしれない男に、花のプレゼントを持って会いにいこうとしている自分。でも、滑稽でもなんでもいい。ずっと好きだったのにほとんど口もきけず、興味などないふりをして過ごした高校の三年間だった。だから、今度こそきちんと十年越しの初恋にけじめをつけようと思った。待ちぼうけでもふられても、笑われてもそれはそれでいいのだ。

バーに入ると案内の者に連れがくる予定だと告げる。だが、カウンターでもいいかと確認されてそちらを見ると、そこにはすでにスツールに腰かけショートカクテルを飲んでいる伊知也の姿があった。驚いた拓朗はすぐに連れが見つかったと言って、一人でそちらに向かった。

背後からそっと近づいていくと、伊知也はその気配に振り返って嬉しそうにニッコリと笑う。三ヶ月ぶりに見る笑顔はやっぱりとてもきれいだった。本当に不思議なのだが、只沼にしても、拓朗の母親にしても、伊知也の第一印象は「可愛い」なのだ。それは、高校の同級生も常にそう言っていた。

確かに、「可愛い」ときもある。けれど、拓朗の印象は常に「きれい」が先で、それは十年の年月を重ねた今は以前以上にそう思う。

「久しぶり」

伊知也が小さく片手を振った。屈託のない仕草を見て、拓朗は安堵の吐息を漏らす。と同時に内心苦笑が漏れる。

（あのときと同じだ……）

あの夜も伊知也のいる場所すら確認せずにオフィスを飛び出した。そして、ビルを出たところでガードレールに座る伊知也の姿に驚かされた。

今夜もまた焦ってホテルにやってきたものの、ロビーに着いて初めて伊知也がどこにいるか確認していない自分に気がついた。なのに、まるで拓朗がこの場所を指定することを知っていたかのように、すでにカウンターでグラスを傾けている。

きっとさっきのメールもここから送っていたのだろう。一人で焦って、また気恥ずかしい真似をしてしまった。伊知也のことになると、自分はこんなにも冷静さを失ってしまうのだ。

伊知也の手のひらで転がされているような気もするが、それでも悪い気はしない。とにかく、今は会えたことが嬉しかった。そして、その感情の高ぶりの勢いで、持っていたガーベラの花を差し出す。

「これ。そこで買ってきた」

いきなり思いがけないものが目の前に出てきて、伊知也がちょっと困ったように笑う。

「なぁに？　恥ずかしいんだけど……」

そう言いながらも、花を受け取ると小首を傾《かし》げてたずねる。

「でも、なんでガーベラ？」

「なんとなく、伊知也に似ているから」

「そうかな？」

「俺にはそんな感じに見えるよ」

拓朗は微笑《ほほえ》んで言うと、伊知也の隣に座りバーテンにマティーニを頼む。しばらくガーベラを鼻先に持ってきて香りを嗅《か》いだり、花びらを指先で突《つつ》いたりしていたが、やがて拓朗のほうを向いて言う。

「ありがとう。こんなのもらったの初めてだ」

「喜んでもらえたら、よかった」

恋人同士のように甘い会話を交わしてから、いまさらのように気障《きざ》な真似をした自分が恥ずかしくなる。

マティーニがカウンターに置かれて、照れ隠しのようにそれを一口飲むと、拓朗はもう一度頭の中で言葉を整理する。

言わなければならない言葉と、聞かなければならないこと。どちらも山ほどあって、何から言葉にすればいいのかわからなくなる。けれど、いつまでも黙っているのも時間がもったいなくて、拓朗はとにかく思いついたことから話す。

「今朝、只沼さんと電話で話したよ。伊知也のことも少し聞いた。ずっとウェブデザインの仕事をやっていたんだな。フリーになって頑張ってるって聞いた。それに雑誌も見た」

拓朗の言葉に、伊知也は少し殊勝な表情になって俯いた。

「本当はもう少し勉強してからのほうがいいって言われたんだけど、ちょっと無理をしちゃった。ずいぶんと世話になったうえ身勝手を言うようで申し訳なかったけど、どうしても早く自立したかったしね」

そして、ガーベラの花をカウンターに置くとちょっと首を竦めてつけ足した。

「でも、結局のところ、洋一郎さんの会社とか彼の知り合いの事務所から仕事を回してもらって、なんとかやっていけている感じかな」

「只沼さんはビジネスには妥協しない人だ。伊知也の実力を認めて、さらに伸ばしてやろうと思っているから仕事を回してくれるんだと思うよ」

それは伊知也もよくわかっているのか、黙って深く頷いていた。それから、二人して酒を飲んでしばらく何も言わずにいたが、伊知也がスツールをクルリと回して背後の大きなガラス窓のほうを向く。そこには街のネオンがちりばめられた夜の景色が広がっている。

相変わらず高いところからの景色が好きなようだ。拓朗も同じようにスツールを回して、伊知也の眺める景色を一緒に見る。

「本当にこの景色が好きなんだな」

拓朗の言葉に、伊知也がなぜか戸惑い気味に溜息を一つ漏らす。そして、おもむろに意外なことを口にする。

「子どもの頃は高いところが苦手だった。タワーなんて名のつくところは絶対に昇りたくなかったし、遊園地の観覧車でもずっと目を閉じたままだったし、高校のときだって学校の屋上なんかも近寄りたくなかったくらい」

「そうなのか？」

でも、大人になってそんな苦手意識もなくなったということだろうか。だが、伊知也はちょっと苦笑を漏らすと、さらに告白を続ける。

「本当言うとね、今もまだちょっと苦手。でも、怖がっている自分が嫌いだから、あえて高いところに行くんだ」

そうやって自分の苦手を克服することで精神面を鍛える方法もあるだろう。もっとも、伊知也にそういう根性論は似合わない気がするが、根っこの部分で案外男らしいことは知っている。

そして、怖がっている自分を奮い立たせようとしているのか、伊知也は窓の外の景色をじっと見つめながら話し出す。

「うちの両親が死んだのは知ってるよね。旅先の不慮の事故で、家には遺体になって戻ってきた。嘘か悪い冗談みたいで、その日は涙も出なかったよ」

彼が辛い過去を話す気になってくれたなら、拓朗はただ黙って聞いているだけだ。

両親が亡くなってからは本当に大変だったようだ。伊知也の両親というのが若い頃に駆け落ち同然で一緒になっていたため、頼れる親戚筋というものがなかった。父親は小さな建築設計事務所を開いていて、父の仕事関係の人には葬儀や諸々《もろもろ》の手続きでずいぶんと世話になったらしい。

ただし、自営業に借金はつきもので、父親も事務所の設備投資のために数百万の借り入れをしていた。その返済など事務所の後始末を、右も左もわからない二十歳《はたち》そこそこの伊知也がやるには無理がある。

「世話になった人もいるけど、中にはドサクサに紛れて持ち出した連中もいたと思うよ。気がつけば事務所も住んでいた家も人手に渡っていた。まぁ、未成年でもないし、大学を辞めて働けば一人でなんとか生きていけると思ってたけどね」

それでもどうしても入用な金はあったのだろう。手っ取り早く水商売に手を染めたという。

「もしかして、誰かから噂でも聞いてる？　俺、ホストやってたんだ」

「それは、耳にしたことがある。でも、只沼さんからちゃんとその理由も聞いて納得はできた」

伊知也は少し悪戯っぽい表情になったかと思うと、己の不運を笑い飛ばす。

「いいアイデアだと思ったんだよね。俺、男にはやたらせまられるけど、女の子にはもてるというより可愛がられるタイプだから。ホスト遊びにはまった金持ちのマダムに懐いて、可愛がってもらえれば当面必要な分くらいは稼げるかなっていう甘い考えだったのは認めるよ」

なにしろ、猫を被るのは得意な伊知也なのだ。年上の女性にはさぞかし受けがよかったと思う。その反面、若い女性に案外受けが悪いのは、自分より無駄にきれいな伊知也が気に喰わないという嫉妬心ゆえのことだと思う。

実際、首尾は上々だったらしい。三十代から四十代という裕福なマダム連中にターゲットを絞ったことで、指名してくれる得意客がすぐにできた。指名の数からして店のナンバーワンとかナンバーツーという肩書きとは無縁だが、稼ぐ金額は少なくない。それが周囲の妬《ねた》みを買ってしまったようだ。

ホストにしてみれば、キャバクラ勤めで日銭を稼いで憂さ晴らしにやってくる客に指名されるより、年配の女性のほうが支払いが安定しているから引っ張っておきたい上客なのだそうだ。

「先輩ホストが俺を苛めると、お客のマダムが店長に言いつけるわけ。で、そいつがペナルティを受けると、今度はキャバクラ勤めの客が自分のお気に入りが下っ端扱いされているって怒るんだ。もうしょっちゅう修羅場で、さすがにまずいなって思ってた矢先だったんだよね」

いつものようにマダムとキャバクラ勤めの若い女性が、店で言い争いを始めた。そのとき、キャバクラ勤めを馬鹿にするような言葉を言われて、カッとなった彼女がバッグの中から護身用に持っていたナイフを取り出したのだ。そして、慌てて止めに入るホストを押しのけて、マダムに向かって突進した。

そこまで聞いた拓朗は目を剝いたまま、伊知也の次の言葉を待っているしかなかった。

「やっぱり、客に怪我《けが》をさせちゃ駄目だから、咄嗟《とっさ》に体が動いちゃったんだよね」

マダムを庇《かば》った伊知也の脇腹をナイフの切っ先が抉《えぐ》っていった。腹を押さえて倒れる伊知也と床に飛び散る血。喚《わめ》きながら逃げ惑う客と、警察だの救急車を呼べと叫ぶ声。すでに修羅場の域を超えて、完全に事件現場だったらしい。

（ある意味、信田は正しかったのか……）

　思わず心の中で呟いた。

『店では何人もの女を手玉に取っていたらしくて、客同士が揉めて店でつかみ合いの喧嘩を始めたとか、ホスト同士で客を取ったの取られただのと小競り合いで警察沙汰とかもしょっちゅうだったってさ。それだけじゃない。貢がせるだけ貢がせて捨てた女に刺されそうになったり、結婚詐欺まがいで金を騙し取って訴えられそうになったりと、相当あこぎなホストだったみたいだ』

　ただし、捨てた女に刺されたわけではなく、結婚詐欺まがいもしていないことはわかった。そのときの傷は出血のわりには浅く切れただけで、七針縫ったものの大事にはいたらなかったそうだ。縫った傷跡も今ではほとんど残っていないという。

　初めて抱いたときに気づかなかったのは夢中だったせいもあるが、おそらく彼の言うように縫ってきれいに傷が塞がったのだろう。

「でも、それだけ騒ぎを起こしたら、当然店はクビだよね」

「いや、おまえが起こしたんじゃなくて、どっちかというと被害者だろう」

「でも、原因は俺だから。ホストの業界って案外狭くってさ、あの一件で俺ってどこにも使ってもらえない完全なブラック扱い。しょうがないから、洋一郎さんのところへ行ったんだ」

　いろいろと不運が続いた伊知也だが、只沼と知り合ったのはきっとあまりにも不憫《ふびん》に思った神様の采配だったのだろう。

ホストクラブに女性連れで遊びに行っていた只沼は、前々から伊知也のことを気に入っていた。見てくれだけでなく、きちんと話ができる。どんな話題にも的確に受け答えができる。知らないことにはどんどん喰いついてくる。この子はホストで終わる子じゃないと思ったのは当然で、何か困ったことがあればと名刺をくれていたそうだ。

「洋一郎さんは自分の知り合いの会社に紹介するから、そこで働けばいいと言ってくれた。そこで一年ほど働かせてもらっているうちに、自分の進みたい道がはっきりしてきたんだけど、そのためには勉強もしなけりゃならなかった」

それがウェブデザインだったのだろう。高校の頃からITクラブに入っていたし、パソコンを触るのが好きだったことは知っている。

「洋一郎さんに相談したら、専門学校へ行くように勧めてくれた。出世払いでいいと言って、二年間の授業料も面倒みてくれた。他にも勉強に必要なものは全部揃えてくれた」

パソコンから周辺器材にソフトなど授業料以外にも必要経費は多く、結局そのときの借りが例の三百万だったらしい。だが、伊知也は無担保の出世払いでそれを借りるのを潔しとしなかったのだ。

「有難かったけどただ親切にしてもらうだけじゃ、人の情けに甘えて生きていくことになるからいやだった。何もない若造のくせに生意気だって笑われたけど、そう思ったんだ」

そこで伊知也は、担保代わりに自分が持っている唯一のものを差し出すことにした。要するに体ということだ。その頃から只沼との同棲を始めたらしい。

「愛人にしてもらったら、ちょっと気持ちが楽になった。でも、洋一郎さんは無理強いするようなことは一度もなかったけどね。一緒に暮らして擬似親子みたいになって、ときどきは慰め合ってときには将来の相談にのってもらった」

その只沼が何度目かのデートの夜、食事のあとに伊知也を東京タワーの特別展望台に連れて行ったのだそうだ。夜景を見るにしても、いまどきそこかという気もする。だが、他にも高いビルや塔ができた今だからこそ、長く日本の首都のシンボルであった東京タワーが新鮮ということもある。

社会人になってからずっと航空業界で働いている只沼だが、子どもの頃の夢は旅客機のパイロットになることだったらしい。当時は都内で一番空に近いこのタワーに幾度となく昇り、いつか空を飛ぶという夢を描いていたという。だが、若い頃に肺を患い、レントゲンに影が見つかった只沼はその夢を諦《あきら》めざるを得なかった。

その後、医療の進歩により肺の疾患は完治して、アメリカでは自家用操縦士の資格も取っている。それでも、子どもの頃の夢を叶えられなかった今の自分をきちんと納得するために、ときに東京タワーに昇り一人で時間を過ごすのだという。

それは、拓朗も聞いたことのない只沼の過去だった。

『今の伊知也は怖いことや辛いことだらけの人生だ。でも、そこから逃げていたらどこへも行けないよ』

そう言ったという只沼は、自分の思い出の場所だからそこへ伊知也を連れて行ったわけじゃない。伊知也が高所恐怖症だと知っていたからこそ、そこへ連れて行ったのだ。

「それはきっかけにすぎなかった。でも、洋一郎さんはそうやって俺の背中を強く押してくれた。まるで亡くなった両親に代わって、前を向いて歩けって言われたような気がしたよ」

専門学校に通わせてもらいウェブデザインの勉強をして卒業する頃、ちょうど只沼は新しいLCCのエアラインの社長に就任した。伊知也はそこのIT関連部門で働きながらも、只沼の愛人を続けてきた。

その頃には互いの存在がそばにいて当たり前のような関係になっていたという。だから、伊知也は拓朗に再会するまで、自分の立場に疑問を抱くこともないままでいた。

「でも、拓朗に再会したとき、このままじゃ駄目だって思ったんだ。いつの間にか洋一郎さんに甘えることに慣れている自分が恥ずかしくなった」

伊知也はチラッと拓朗の顔を見ると、ちょっと肩を竦めて最後につけ足した。

「これが大学を中退してからの俺のこと。どう？　やっぱり呆れた？」

正直、信田の噂話に気持ちが翻弄されていたときに聞いていれば、それなりの動揺はあったかもしれない。きちんと聞けば伊知也の落ち度ではないとわかるし、当時の彼の立場なら仕方がなかったと思うことばかりだが、その結論に達するまでには頭の中を整理する時間が必要だったかもしれない。

でも、今はまったくその必要はない。

「呆れるというより、むしろそのたくましさに感心した」

からかわれていると思ったのか、伊知也がちょっと笑って聞き返す。だが、拓朗は大真面目に感心していたのだ。

「何、それ？」

「俺が思うに、恥ずかしい過去というのは自分で後悔するような真似をしでかしたときのことだ。伊知也は後悔をするようなことはしていないだろ。そのときそのときで、自分のできることを探してやってきただけだ。恥じることは何もないと思うよ」

伊知也は一瞬目をパチクリとさせてから俯き、握った拳で拓朗の二の腕を叩いてきた。照れ隠しだとわかったから、たまらない気持ちになってしまう。

そして、あらためてカウンターのほうへ向き直った伊知也は、それからのことを話して聞かせてくれる。両親の死後、心穏やかな只沼との生活を得て、伊知也の心は少しずつ癒されていったという。そんな中で、思ったことがあるというのだ。

「俺ね、両親が死んでから、一人でいるのが寂しいんだとずっと思ってた。でも、必ずしもそうじゃないって、近頃になってやっとわかった気がする」

寂しがり屋の伊知也は、只沼が出張や仕事で帰りが遅いと家にいるのが辛いと言っていた。だからこそ、只沼も伊知也を接待の場に同伴させたり、ときには拓朗にそのお守《も》りを頼んでいたりしたのだ。

「一人でいるのが寂しいんじゃなくて、気持ちを共有できる人がいないのが寂しいんだと思う。わかり合える人とか心を許せる人とか、そういう人がいたら一人でいても寂しくない。だから、これからはきちんと人と向き合っていこうと思う。怖がっていたり傷つくのを避けていたりしたら、心を許せる人に出会えるわけもないから。拓朗に再会して、なんかそんなふうに思えるようになったよ」

伊知也はカクテルグラスのステム部分を指でつまみ、左右に回しながら最後に消え入るような声で「ありがとう」と言った。

「伊知也……」

中学では不本意な理由で苛めに遭い、高校では猫を被って人とつき合うことを覚え、大学時代には最も身近な存在である両親を事故で亡くした伊知也。どうしてこんな目に遭うんだと、世の中を恨みたくなったときもあったはずだ。

人よりきれいな顔で生まれ、得をしたのか損をしたのか、それは伊知也本人にしかわからないことだ。けれど、彼はその整った容貌ゆえに多くの人に愛されながら、彼自身は簡単に人に対して心を開くことができなかったのだ。

拓朗は少しでも彼の心を開くことができたのだろうか。自惚《うぬぼ》れるつもりはないけれど、そうであったら嬉しいし、拓朗もまたどこか頑《かたく》なだった自分の心を伊知也によって大きく開かれた気がするのだ。

何杯目かのカクテルを飲んでも交わす言葉は尽きないが、夜が更けて伊知也がそろそろ帰るという。

「今夜は泊まっていかないのか？」

以前は酔っ払って帰るのが面倒だと、只沼の支払いで部屋を取っていた。だから、からかい半分で言ってみた。でも、本当は何か伝えきっていないような気持ちで別れたくはなかったのだ。しかし、伊知也から返ってきたのは案外つれない言葉だった。

「ちょっと忙しいんだ」

「売れっ子ウェブデザイナーだものな」

嫌味ではなく、フリーになったばかりの伊知也だから仕事を選んでいる場合ではないのはわかっている。それに、今夜かぎりで会えなくなるわけじゃない。伊知也の新しい連絡先も教えてもらった。彼もまた電話をくれると言っている。

そして、拓朗が伊知也と一緒にエレベーターホールまできたときだった。伊知也がいつもの小悪魔じみた表情になったかと思うと、ジーンズのポケットからホテルの部屋のカードキーを取り出して訊く。

「でも、もし俺が泊まっていくなら、今夜こそ一緒に泊まっていく？」

初めて二人きりで飲んだ夜も、こんなふうに誘われた。もちろん、伊知也のちょっとタチの悪い冗談だったが、あの瞬間に封じ込めていたはずの胸の奥の思いが一気に弾けて飛び出してしまったような気がする。

けれど、今夜はこの思いが暴走するのを止める気はない。拓朗は伊知也の手からカードキーを奪い取ると、ちょうどやってきたエレベーターの中に彼を押し込んだ。扉が閉まると同時にキスをする。

「へ、部屋の階数のボタン……」

伊知也が焦って言うので、唇を重ねたまま手を伸ばす。言われるままに七階のボタンを押そうとしたとき、エレベーターのドアが今一度開き、同じように階下へ降りようとしていた若い女性の二人連れが中を見て目を見開いていた。

慌てて唇と体を離したが遅かった。抱き合ってキスしているところを完全に見られてしまった。気まずさに拓朗がわざとらしい咳払《せきばら》いを一つすると、二人の女性は互いに顔を見合わせてからズルズルと後ずさりしながら言った。

「あ、あの、どうぞ。わたしたち、次のエレベーターを待ちますから……」

大変申し訳なかったが、この際お言葉に甘えることにした。

仕事が忙しいなどと言いながらちゃんと部屋を取っていて、拓朗を試すような真似をして誘う。相変わらず、どこか人が悪い。でも、それが猫を被っていないときの伊知也なのだ。そして、それに翻弄されているのが嫌いじゃない自分がいて、結局は伊知也が好きで好きでどうしようもないということだ。

「アイドルみたいに可愛いってさ」

拓朗はベッドの上で裸の伊知也に何度も口づけながら言った。伊知也はいきなり何を言い出すのだろうと小首を傾げてたずねる。

「なぁに？　それって、高校の頃のこと？」

「違うよ。雑誌に載ったおまえの写真を見た俺のオフクロの感想」

「拓朗のお母さんって、あんなマニアックな雑誌の愛読者？」

けっしてそうじゃないが、本気で驚く伊知也にいちいち説明が面倒なので笑ってごまかした。すると、伊知也がからかわれたと思ったのか、仕返しとばかりにニヤニヤと笑いながら言う。

「だったら、俺も拓朗が載っていた雑誌を見たけど、他の四人より断然いい男だったな。どう、日本の若社長さん、俺を愛人にしてくれない？」

拓朗も以前ならそんな言葉を聞いて、からかうなと拗ねた素振りを見せていただろう。でも、もう照れたり謙遜《けんそん》したりするだけ時間の無駄だ。伊知也が拓朗を他の四人となんか比べてやしないことはわかっている。だから、愛人にしてほしいという戯言《ざれごと》には真面目な顔で答えてやる。

「残念ながら、愛人は必要ない」

伊知也がつまらなさそうに肩を竦めたので、その肩をキスマークがつくほど強く吸ってやる。悪ふざけをして、わざと自分を貶《おとし》めるようなことを言う奴にははっきりとわからせておいてやろう。今こうして抱いているのは、誰よりも本気で伊知也を愛している男だということを。

「あ……っ、た、拓朗……っ」

ふぅんと小さく鼻を鳴らして甘えた声を漏らしたのを聞いて、満足したように顔を上げて言う。

「でも、恋人は必要だ。ぜひ必要だ」

「恋人かぁ。愛人より刺激が少なそうだな」

伊知也はキスマークをつけられた肩を確かめてから、わざと憎まれ口を叩く。自分の過去に対する自嘲的な意味もあり、強がりを言っているとわかるからまたせつなさに胸を締めつけられる。

だから、拓朗はすぐさま体をずらして伊知也の股間に顔を埋めた。

「あっ、ああっ、そ、そんな、いきなり……」

まだ、わずかな反応しかしていなかったそこを口で銜えて舌で刺激を与えてやると、伊知也が足でバタバタとシーツを叩き、腰を揺らして身悶《みもだ》える。

「どうだ？　これでも刺激が足りないか？　愛人より恋人のほうが刺激的だってことを、今夜は存分に教えてやるからな」

一度顔を上げてそう言いながら、伊知也の股間をやんわりと握って擦ってやった。伊知也がいやいやをするように首を横に振り、「あっ、あっ」と短い喘ぎ声を漏らす。でも、愛撫の手は緩めてやらない。

忘れられない初恋を心に刻みながら、拓朗は異国にいて伊知也に似た相手を見つけては叶わぬ夢を見続けてきたのだ。夢がこうして現実になったのだから、もう心も体も歯止めなど必要ない。

「そういえば、中をいじられるのも好きだったよな？」

「あっ、そ、それは……」

好きともそうでないとも言わせないまま、伊知也の片方の膝裏を持ち上げるようにして腰を浮かせてやる。バスルームに備えてあったボディクリームを手に取って潤滑剤代わりにすると、ほんのりと赤味の濃い窄まりを撫で回し、皺を伸ばすようにして二本の指先を押し込んでやる。

「ああっ、んっ、んふ……っ」

甘い声を上げている伊知也の口元が緩んでいく。足を割られ後ろの窄まりを晒《さら》しながら、快感に身悶える様がたまらなく扇情的《せんじょうてき》だった。

「すごくいやらしい顔になってるな。只沼さんにもそんな顔を見せていたんだろう」

「だ、だって……」

そういう関係だったのだから当然だ。でも、拓朗の中にくすぶっている小さな嫉妬心が捨てきれない。伊知也にとって最初の男というだけではない。只沼の存在は拓朗にとってもあまりにも大きくて、越えられない壁のようなものなのだ。

「只沼さんに何をされた？　どんなふうに抱かれていたんだ？」

「なんで、そんなこと……。いやだよ、訊かないで。そういうの、訊かないでよ……っ」

伊知也が喘ぎながら言う。けれど、そんなふうにうろたえる姿を見ると、もっと問い詰めたい気分になってしまう。これは支配欲で、自分のものだと主張したいだけだ。くだらない意地や焦りが入り交じった、どこか子どもじみた感情だった。

「俺の恋人になるんじゃないのか？　刺激的ならいいんだろう？　だったら、過去の経験も赤裸々に話してみろよ。他の男の腕の中でどんなふうに喘いでいたんだ？　何をされて啼いていた？　淫らな自分を自分で告白するのは、充分刺激的じゃないか？」

「違う。そ、そういう意味じゃないよ……。それに、他の男なんて知らない……」

「こんなにいやらしい体のくせに？　ほら、もう三本目だ。簡単に呑み込んでいくじゃないか」

言葉どおり、そこは三本まとめた指を銜え込んで、まるで呼吸をするかのようにビクビクと蠢《うごめ》いていた。

「ああっ、駄目っ、そんなに動かさないでっ。もう充分だからっ。これじゃ、刺激的すぎるってば……っ」

「嘘つけ。まだ足りないだろう。体はもっとほしいって言ってるぞ」

伊知也が言い訳をするたびに、なぜか意地の悪い気持ちが込み上げてくる。高校のときも再会してからも、ずっと主導権を伊知也に握られていたような気がしていたから、今度こそそれを自分のものにしてやろうという思いがあったのかもしれない。まるで独占欲の塊のようになって、伊知也のことを責め続けてしまう。

「た、拓朗っ、あ……っ、んんぁ……っ」

拓朗の愛撫が激しくなるほどに伊知也はうまく話せなくなり、体をくねらせて潤んだ目を向けてくる。体の中には拓朗の指がすでに三本入り、前を刺激するのと同時に抜き差しを繰り返しているのだから無理もない。

「た、拓朗、お願い。お願いだから、もう少しゆっくりしてぇ……」

「駄目だ。もっと啼かせて、俺だけのものだって確かめるまで満足できないね」

いつしか完全にタガが外れ、独占欲をむき出しにしていた。すると、そんな拓朗に向かって懸命に手を伸ばし、伊知也が消え入るような声で懇願した。

「ねぇ、本当に洋一郎さんしか知らないんだ。それを責められるのは仕方ないけど、でも信じて。心に思ってきたのは拓朗だけ。俺はずっと拓朗だけなんだよ……」

そう言いながら伊知也の手が拓朗の頬にそっと触れた瞬間、ハッと我に返った。拓朗は慌てて伊知也の窄まりから指を引き抜く。そして、張り詰めてだらだらと先走りをこぼす伊知也自身からも手を離した。

「ご、ごめん。俺、ちょっと突っ走りすぎた。只沼さんのことも、その、そんなつもりじゃなくて。ごめん……」

やっと初恋の伊知也をこの腕に取り戻したのに、くだらない嫉妬で只沼のことを問い詰めるなんて愚かな真似をしてしまった。それでも、拓朗の無茶な愛撫に煽《あお》られた伊知也の体は限界を迎えそうになっている。

「あの、一度いくといいよ」

拓朗はあらためてそこに顔を埋めると、唇と舌を伸ばし今度は優しい愛撫で解放を促してやる。

「あっ、そ、それは……。それに、一人じゃ……」

「大丈夫。もう無茶はしないよ。それに、俺は伊知也の中でいきたいから」

先にいくように促された口での愛撫に慌てながらも、伊知也の体はもう引き返せない。伊知也自身をゆっくりと口で吸い上げながら、胸の突起にも手を伸ばしてやんわりと摘んでやった。すると、ブルッと小さく身を震わせて、すぐさま拓朗の口の中で果てた。

「ああ……っ。はっ、ふぅぅ……っ」

甘く長い吐息を漏らし、伊知也がベッドの上で体を弛緩させる。拓朗は伊知也の吐き出したものを飲み込み自分の手の甲で唇を拭《ぬぐ》ってから、下半身の始末をしてやった。

最初は憎まれ口を黙らせようと思っただけなのに、あんなふうに感情が暴走してしまうなんて情けない。

「あの、本当にごめ……」

拓朗がまた謝ろうとしたら、まだ少し息の荒い伊知也がニッコリ笑って首を横に振る。そして、拓朗の唇に指を立てて黙らせてから言う。

「謝らないでよ。言っておくけど、洋一郎さんとのことは後悔していないから。あの頃の俺には必要な人だったんだ。でも、俺は拓朗が好きだ。その気持ちだけは信じてほしい。それまで疑われたら、悲しすぎるもの……」

そんな健気《けなげ》なことを言われたら、よけいに心の狭い自分が情けなくなる。憎まれ口を叩くのも、人を喰ったような態度を見せるのも、飄々として開き直った振る舞いも、すべては伊知也の強がりからきているもの。そんなことはもう充分わかっていたはずなのだ。

そして、拓朗を好きだという彼の言葉に嘘がないことも、真っ直ぐに自分を見つめる目を見ればちゃんと伝わっていた。だから、拓朗も心まで裸になって愛しい相手に訴える。

「恋人になってくれたら、誰よりも大切にする。どんなときもうんと優しくするって誓うよ」

それを聞いて伊知也はうんうんと何度も首を縦に振り、拓朗の首に縋《すが》りついてくる。

「拓朗と再会したとき、また恋に落ちるんだって思った。ねぇ、同じ人が相手なら、二度目でもそれは初恋なのかな？」

高校のときから互いを遠巻きにしながら意識していた。そして、再会してからも気持ちは盛り上がるばかりだった。これは間違いなく初恋の続きだと思う。

「十年越しでも、初恋は初恋だろ」

拓朗は自信を持ってそう言うと、恋人同士になって初めてのキスをする。そして約束どおり、伊知也の頭から足のつま先まで優しく愛撫する。誰よりも愛しいと思える存在だから、もっとこの体を喜ばせてやりたい。

「ああ……っ、んぁっ、あっ、拓朗っ、拓朗……っ」

愛撫の手や唇が伊知也のいいところに触れると、面白いように素直に反応する。全身が快感にあまりにも敏感なのだ。さっき苛めるように触れていた後ろの窄まりも、とても柔軟でいて奥は当然のようにきつく、あまりにも具合がいい。乱れていくときの表情も喘ぐ声も、視覚と聴覚をこれ以上なく淫靡《いんび》に刺激してくれる。

　こんな体だから、最初に抱いたときはてっきり男に慣れているのだと思った。けれど、すべては伊知也の天性のものだ。只沼の言葉に嘘はなかった。大学を中退してからずっと、伊知也が関係を続けてきたのは只沼だけなのだ。他の男を知っているはずがない。

　只沼に育てられたその敏感な体を、今度は自分が溶けるほどに愛してやりたい。そして、大事に守ってやりたい。

　余すところなく受けた愛撫で、伊知也の体は骨が抜かれたように開かれる。

「もう、ほしい。我慢できない……」

　甘えた声で伊知也がねだる。拓朗もまた存分に愛しい体に触れて、自分自身が限界だ。

「うつ伏せになるか？　そのほうが楽だと思うけど」

　最初に抱いたときは、慣れた体だと思ってそういう気遣いさえしなかった。けれど、伊知也はこのままでいいと抱きついてきた。そして、自ら足を開いて腰を浮かせ、そこへと拓朗を導く。

「顔を見ていたいから、このほうがいいんだ」

　拓朗も伊知也の顔を見ていたい。だから、伊知也の体を引き起こして、ベッドにあぐらをかくように座った自分の腰の上に跨《また》がるよう促した。これなら互いの顔を見ていることもできるし、キスもたっぷりできる。

その体位は伊知也も好きらしく、ちょっと照れた素振りを見せたものの嬉しそうにそこに自らの窄まりを宛《あ》てがってゆっくりと腰を下ろしてきた。

「ああ……っ、んっんく……っ。はぁ……ぁっ」

息を吐いて拓朗自身を呑み込んで、少し止まってはまた同じことを繰り返す。やがて一番奥まで拓朗自身が達したところで、二人して大きな吐息を漏らした。

そして、伊知也のほうから唇を重ねてきたかと思うと、上擦った甘い声で呟く。

「あっ、ああ、気持ちいい。このままでももう一度いけそう……」

さすがにそれは待ってくれと言いたかった。

「もう少しだけ辛抱してくれよ」

腰に跨っている伊知也の体を少しだけ揺さぶってやってから、その体をあらためて仰向けに倒した。そのとき、腰の下に枕を一つ置いて少しでも体に負担が少ないようにしてやる。それから、ゆっくりと抜き差しを繰り返し、じょじょにそのスピードを上げていく。同時に伊知也の甘い声もどんどん大きくなっていく。

「ああっ、拓朗っ、も、もっと。もっと……」

ねだる声が駄目押しのように拓朗を煽る。煽られるほどに拓朗の中に愛しいという気持ちが、まるで湖底から噴き出す湧き水のように途切れることなく込み上げてくる。伊知也の望みなら、どんなことも叶えてやりたいと思ってしまう。

そして、ほしいと言われるままに奥まで強く突いたとき、伊知也の体が痙攣する。拓朗もまたその瞬間に動きを止めた。

「ああ……んっ、んくっ」

「うくぅ……っ」

二人して息を止めてその瞬間を迎える。自分が放ったものが伊知也の体内を温め、伊知也が放ったものが拓朗の下腹を温める。それぞれの温もりが下半身に広がっていく。

ベッドの上で体を重ねたまま、二人はしばらくの間じっとしていた。やがて呼吸が整って、二人のぴったりとくっついた胸が規則正しく上下する。

「伊知也、大丈夫か？　辛くなかったか？」

「全然平気。拓朗のセックスはすごく気持ちいいから。好きな人とするのはやっぱり特別なんだって、よくわかったよ。ねぇ、拓朗もそう？」

そうに決まっているから、キスで応える。アメリカで体を重ねた誰とも違う。伊知也だけが拓朗に与えてくれる快感と幸福感がある。誰もこんなふうに拓朗の気持ちを満たしてはくれなかった。

きっと只沼にも優しく愛されていただろうけれど、今の伊知也は拓朗の腕の中にいる。これからは自分が伊知也を守っていけばいい。もちろん、伊知也は守られているだけの人間じゃない。彼は驚くほど柔軟で心がたくましい人間でもあるのだ。ときには拓朗のほうが守られてしまうかもしれない。そんなときは素直に甘えてみたいと思う。

一度下半身を引き剝《は》がして裸の伊知也の体を撫で回していると、新たな欲望に拓郎の下半身が早くも疼《うず》き出す。

「なんか足りない。もう一回やりたいんだけど……」

遠慮気味に言ったら、すでに二度果てている伊知也がちょっと困ったような顔になる。でも、すぐにニッコリ笑って拓朗の頰に手を伸ばしてペシペシと軽く叩く。

「しょうがないね。じゃ、つき合ってあげる」

拓朗はさっそく甘えさせてもらっている自分に苦笑を漏らし、初恋の相手にキスをした。

◆◆

二度果てていた伊知也にもう一度とねだり、今は拓朗も十二分に満足してベッドに横たわっている。伊知也といえば、もう精も魂も尽きたように隣でぐったりとうつ伏せていた。

無理をさせてしまったことに恐縮しながらも、最高のセックスの余韻を楽しみつつその白い背中から尻へと指を滑らせていると、伊知也の脇腹にうっすらと残る三センチほどのピンク色の筋に気がついた。

「あっ、本当だ。うっすらと傷跡があるな」

それは、ホストをやっていたときに客を庇って刺され、七針縫ったという傷跡だ。微かに盛り上がった筋を指で擦りながら、内心ちょっとイラッとする。

（よくも、俺の伊知也にこんな傷をつけてくれたなっ）

いまさらのように、その顔も知らないキャバクラ勤めの若い女に腹が立つ。けれど、伊知也はうつ伏せたまま手を背後に伸ばし、その傷を触っている拓朗の手を握る。

「この傷とやたら酒が強くなったことが、ホスト稼業で得たものかな。まぁ、これも男の勲章みたいなものだから」

似合わない台詞に噴き出したら、伊知也がうつ伏せて枕に顔を埋めたまま、拓朗の二の腕をペシリと叩く。

「でも、これ以上この手の勲章は増やさないでくれよ」

冗談交じりの口調であっても、内心では本気でそう願っていた。伊知也も自分で自分の台詞がおかしくなったのか、クスクスと笑いながら「そのつもり」と答えていた。

「それより、拓朗のほうはビジネスが順調らしいね。円高の日本に観光客を集めることができる代理店だって、雑誌でもベタ褒めだった。今度はヨーロッパの代理店も開設するんだって？　そっちこそ男の勲章を増やしてる感じだよね。やっぱり、いずれは上場とか狙《ねら》ってる？」

伊知也が枕から顔を上げて、珍しく拓朗にビジネスの話を聞いてくる。

「今の会社も悪くないが、ある程度の規模になったら経営権を譲って他のことを始めてもいいかなって思ってるよ」

「えっ、なんで？」

驚いた伊知也が両手をついて上半身を起こす。

「うっ、イタタタ……ッ」

呻き声とともに崩れ落ちる体を横から支え、伊知也の腕を引いて自分の胸に抱き寄せる。

「経営権を売って、次は何を始める気？」

拓朗の胸にもたれたまま、伊知也が好奇心をむき出しにしてたずねる。

「そうだな。たとえば、日本のシルバー世代の技術者に、発展途上国で指導者として活躍してもらう方法はないかと思ってね」

「それって、どういうこと？」

伊知也は拓朗の胸の上で顔だけを上げて、興味深そうに目を輝かせている。

「まだ何も具体的に考えているわけじゃないさ。でも、日本にはいい職人が大勢いるからな。日本ではすでに機械化されて必要のなくなった技術でも、発展途上国ではまだその技術を切実に欲していたりする。定年を迎えても働きたいと思っているシルバー世代にも、得意な分野でまた生きがいを見つけてもらえればいいと思ってね。つまり、そういうことの橋渡しができないかって考えている」

まだ漠然としたアイデアだが、先日の梅原の言葉を聞いていてふと思いついたことだ。ただし、それをビジネススタイルとして確立するまでには、厄介な問題も数多くあるだろう。高齢者が異国で生活する不便や不自由さ、言葉の壁、さらには日本独自の技術の流出について問題視される部分もある。でも、それらをすべてクリアしていけば、きっと面白いビジネスができると思うのだ。

「さすが、若社長。本当にいろいろなことを思いつくもんだね。でも、新しいことを始めるとなると資金もかかるんじゃないの？」

「そのためにも『Discover J』をしっかり育てて、高値で経営権を売りたいところだけどね」

「そっか。じゃ、新しいビジネスのために俺も少しだけ投資しておこうかな」

そう言うと、伊知也は手を伸ばしてそばの椅子にかけてあった自分のジャケットを取った。そして、その内ポケットから一枚の紙を取り出して、拓朗に差し出した。

「これは……？」

受け取ったのは自分が切ったはずの小切手で、額面が三百万。

「俺の借金の肩代わりをして、洋一郎さんに返済してくれたんだろ？」

「あっ、それは、その……」

勝手によけいな真似をされて、伊知也としては心外だったのかもしれない。だが、拓朗が言い訳をする前にお礼を言われた。

「心配してくれてありがとうね。でも、もう大丈夫だからこれは返しておくよ」

「あの、本当に？」

それでもまだ案じている拓朗の胸の上で甘えるように頬ずりをしていたかと思うと、コロンとベッドに転がり落ちてシーツを引っ張り上げると言う。

「洋一郎さんのところで働いていたときは衣食住と彼の世話になっていたし、お給料はほとんど返済にあてていたんだよね。洋一郎さんはあげた金だからって言ってくれたけど、こういうのはけじめの問題だからさ」

そうして、毎月決まった金額を返していたので、只沼の家を出る頃には借金はほとんど残っていなかったらしい。ただし、貯金もなかったはずだ。伊知也の独立にあたって、只沼はそれを心配していたのだろう。

「でね、この小切手は拓朗が伊知也のためにもってきた三百万だから、好きに使えってくれたんだ。だから、好きに使うことにした。拓朗の新しいプロジェクトへの投資としてね」

もとはといえば自分の金だが、とっくに忘れていた金だ。只沼のことだから、きっと「間男代」などと言っても、何かの形で伊知也のために役立ててくれていると信じていた。

でも、それが回り回って自分のところへ戻ってきたのだ。なんだか得したのかどうなのか、よくわからない話になってしまった。

拓朗はその小切手を片手にしたまま伊知也を見ると、思いついたように言う。

「じゃ、新しいプロジェクトを立ち上げたときは、伊知也を出資者の一人として取締待遇でうちの社に迎えることにしようか」

「悪くないけどそれって面倒そうだから、やっぱり『恋人』でいいや。そのほうが俺に合ってるもの」

出会ってから十年。振り返ってみれば、せつなかったり寂しかったりといろいろな思いが詰まった十年だった。そして、これからは互いのそばで生きていく。なんだか面白くなりそうな未来に、二人は思わず顔を見合わせたまま笑顔になるのだった。

同棲一月

◆◆

（あっ、なんか、気持ちいい……っ）

夢の中で拓朗《たくろう》はうっとりと呟《つぶや》く。それに、なんだか鼻先に甘い香りがする。好きな香りだ。誰かを思い出す。その誰かはいつも拓朗を幸せな気持ちにしてくれる。

そう、これは十年越しの初恋を実らせて、晴れて恋人となった伊知也《いちや》のシャンプーの香りに違いない。そう思いついた瞬間だった。

「あ……んっ」

思わず自分とは思えないほど甘ったれた声が出て、ハッと目を覚ましたら下半身に何やら温《ぬく》もりがある。それだけじゃない。くぐもった声がしてぎょっとした拓朗がベッドのシーツを捲《めく》り上げると、自分の股間《こかん》に伊知也のきれいな顔があった。

「あっ、起きた」

シーツの中から顔を出しニッコリ笑って言った伊知也は、拓朗の股間をもう一度ペロリと赤い舌で嘗《な》める。

「う……っ、な、何やってんだ？」

寝起きは悪いほうではないが、目覚めていきなりこの状況というのは普通なら戸惑うだろう。股間に顔を埋《うず》めているのが同棲中の恋人であったとしても、ずいぶんと刺激的な起こし方だと思う。

「俺、これから一眠りするけど、その前に拓朗を起こしておいてやろうと思ってさ」

「それは有難いんだが、なんで俺のをそういうことに……？」

完全に勃起させられていて、おさまりのつかない状態でベッドから追い出されるのは苦しすぎる。だが、恋人のケアは大変行き届いていた。

「大丈夫。一回やってシャワーを浴びてからでも間に合うから」

首を横に向けてアラームをセットしているデジタル時計を見れば、いつもの起床時間より一時間ばかり早い。これなら問題ない。拓朗は自分の股間から這《は》い上がってきて、胸元にもたれ込んでくる徹夜明けの伊知也にキスをしてからたずねる。

「で、仕事は終わったのか？」

「ほぼ完成した。あとは最後の見直しだけ。それは一眠りして、すっきりした頭でやる」

「そうか。徹夜、お疲れさん」

そう言って、疲れた体を労《いた》わるようにそっと抱き締め、シャワーを浴びて洗ってきたばかりの伊知也の髪を撫《な》でて唇を寄せる。

この部屋でこんな幸せな朝を迎える日がくるなんて、一年前には想像もできなかった。高校時代の初恋相手の伊知也と再会して再び恋に落ち、身悶《みもだ》えるほどに悩んだりもしながら、どうにか十年越しの初恋を実らせた。

晴れて恋人同士になり半年ほどして、拓朗のほうから同居の話を持ちかけた。もちろん、自分の住んでいる部屋に体一つでいいからきてほしいと懇願したのだ。

拓朗が住む都心の高層マンションの一室は、アメリカにいた頃に起業した会社が日本でも軌道に乗ってから間もなく購入した。一人暮らしには広すぎて贅沢《ぜいたく》なのは承知だった。だが、若くして起業した自分が後戻りできないようわざと分不相応な高級マンションに暮らし、己自身を鼓舞してきたのだ。

ローンは残っているが、それもまとまった金ができたら返済に充《あ》ててきたので、あと四、五年で完済となる。だから、伊知也には気兼ねなく転がり込んでくれればいいと言ったのに、なかなか色よい返事がもらえずに半年が過ぎた。

『どうして一緒に住めないんだよ？　もしかして、他に好きな……』

男でもできたのかと恋人を問い詰めようとしたら、笑顔で頬《ほお》を軽く叩かれた。

『愛人じゃなくて恋人になってくれって言ったくせに、俺を囲う気？』

もちろん、そんなつもりはなかった。だが、伊知也としては拓朗の稼ぎを当てにして同棲するような気はさらさらなかったのだ。

同居を迫っていたときは、自分ものぼせ上がっていたと思う。伊知也の男としてのプライドをすっかり忘れていたのだ。というわけで、自ら猛省してさらに半年が過ぎた頃だった。

ようやく伊知也から同棲の了解をもらえたのが一ヶ月前のこと。というのも、只沼《ただぬま》のところから独立しフリーのウェブデザイナーとして細々と仕事をしていた伊知也に、大手のデザイン事務所との専属契約の話がやってきたのだ。

年俸制で金額は売れっ子のウェブデザイナーに比べれば劣るが、新人にしては悪くない。そこでキャリアを積むことによってさらなるステップアップをしたのちには、またフリーに戻ることもできる。諸々《もろもろ》の条件を考えて、伊知也は契約書にサインをした。

そして、残りのローンの半額を伊知也も月々負担することで、拓朗との同棲を承諾してくれた。正直、自分のローンを一緒に返済してもらうのは心苦しいが、それが同棲の条件なら呑《の》まざるを得ない。それと、もう一つ伊知也から出された条件は、ベッドルームは別々にすることだった。

いざ、一緒に住みはじめてみれば、毎日がバラ色の日々というわけでもない。それは子どもじゃないので、ある程度わかっていたつもりだ。

ウェブデザイナーの伊知也は仕事が立て込んでいると部屋にこもりっぱなしで、ときには徹夜が続く。集中できる夜に仕事をして、明け方にベッドに倒れ込むという日も少なくない。

片や拓朗は、社長業であってもサラリーマンには違いない。フレックスタイムを導入してはいるが、朝はだいたい決まった時間に出社するし、接待や残業で遅くに帰宅することもある。もちろん、そういうときはシャワーを浴びてベッドに潜り込んで朝まで爆睡となる。

同じ部屋で暮らしながら、けっこうすれ違いの時間を過ごしているが、それでも拓朗にとっては充分なのだ。同じ屋根の下にいて、大事な恋人の存在をその気になればいつでも確かめることができる。

向き合った部屋は互いのドアで仕切られていても、二人の心はいつでも通い合っている。ただ、それぞれの仕事と生活のペースがあるから、縛り合うような真似はしないでおこうと決めているだけ。

それでも、ときには夢見たとおりの甘い時間を過ごすこともある。拓朗が仕事を早く片付けて帰宅したら、伊知也も自分の仕事にひと段落つけて夕食を作って待っていてくれたりもする。二人で一緒に後片付けをして、そのまま一緒に風呂に入ってどちらかの寝室に転がり込むと、歯止めなく求め合ってしまう。愛《いと》しい恋人と同棲するようになって一ヶ月。二人はまだまだ蜜月《みつげつ》の真っ最中だ。

そして、今朝はというと、ここ数日の徹夜の仕事でよっぽど疲れていたのだろう。男というものは疲れれば疲れるほど、本能でやりたくなる。どんなに女性的な愛らしい容貌《ようぼう》の伊知也であっても、男であるかぎりそういうものだ。

仕事を終えてシャワーを浴びたあと、拓朗のベッドに潜り込んできて見事に寝込みを襲われてしまった。

（ああ、幸せすぎる……）

思わず心の中で呟いて、伊知也を抱き締めたまま体を返す。華奢《きゃしゃ》な体をシーツに押しつけてやると、きれいな顔なのに目の下にうっすらとクマができている。それを見て思わず拓朗が心配になってたずねる。

「なぁ、仕事、無理してないか？」

きれいな顔がやつれ、昼と夜が逆転したような生活を続けて体を壊すくらいなら、もう少し仕事を減らしてもらいたい。伊知也一人くらいなら拓朗の稼ぎでちゃんと食べさせていけるのだから。そのことを口にしたくなるたび、拓朗は言葉をものすごく選んでしまう。

同じ男として見くびっているつもりはない。ただ愛しくて、大好きな人には苦しい思いをせずに楽しく笑っていてほしいと思うのだ。もちろん、それが身勝手な考えだとわかっているし、そのままストレートに言葉にしたら伊知也が怒って部屋を出てしまうかもしれない。

今もまた拓朗がうまい言葉はないかと考えていると、伊知也が小さな溜息《ためいき》を漏らす。

「俺は無理なんかしていないよ。っていうか、これくらいを無理って言ってたら駄目だろ。望んだ仕事で食べていけるなんて、それだけでも幸運なんだ。仕事を回してくれる人に感謝しているし、今自分ができる精一杯のもので返したいって思う。相手のためにも、そしてこれからの自分自身のためにもね」

ときどき、こういう真っ当な伊知也の言葉で頬を叩かれ目が覚める。

「それに、仕事がきついっていうなら、拓朗のほうこそどうなのさ？　近頃ちょっと痩《や》せたよ。自分で気づいてないだろ？」

「えっ、そうか？　そんなことは……」

ないわけではない。風呂上がりに体重計に乗るのは健康管理の一つとして必ずやっていることだ。昨夜もバスタオル一枚で計った体重は二キロ近く落ちていた。

　ここのところヨーロッパに新しく作った代理店の運営がいまひとつうまくいっていない。まかせた人間が思っていたほど使えなかった。金子《かねこ》を現地に飛ばして事務所内の調整を行わせたが、帰国した彼の報告によれば「Discover J」のコンセプトを根本的に理解できていないところがあるようだ。

　この会社は拓朗がアメリカの大学に留学しているときに起業しており、基本的には北米の富裕層をターゲットに始めた事業だった。ヨーロッパから日本へくる観光客には、北米の客とはまったく違う志向や希望があるのだ。そのあたりを充分に汲《く》み取っていかなければ、けっして大手ではない旅行代理店は生き残っていけない。

　近いうちに拓朗自身がヨーロッパに飛んで、パリとローマに作った支店での新たな人事採用と社員教育にあたらなければならないかもしれない。

　今朝も本当は早めに出社の予定だったが、伊知也が拓朗の顔を心配そうに見上げているからなんでもないふりをする。

「いつだって悩みの一つや二つはあるさ。会社なんてもんは簡単に作れる。でも、簡単に潰《つぶ》れるのもまた会社だ。ただし、俺は何があっても生き延びるけどな」

拓朗が不敵な笑みを浮かべて言った。けっして強がりではない。本気でそう思っている。「Discover J」を作ったときから、何度も何度も難しい局面を乗り越えてきた。それが自分の自信になっているし、今度だって必ず問題を解決して新たな飛躍に繋《つな》げてみせる。

そのとき、小さく気《け》だるい伊知也の笑い声が聞こえた。

「何がおかしい？」

「おかしいんじゃないよ。嬉しいの。やっぱり、拓朗は俺の男だって思ってさ」

「な、なんだよ、それ……」

もちろん、伊知也がどういう意味で言ったのか、なんとなくはわかっている。だから、つい照れくさくて意味もなく膨れっ面を作ってしまう。そんな拓朗を見ると、伊知也はますます楽しそうに声を上げて笑う。

「何、照れてんの？　ああ、もうっ。本当に可愛すぎるよ」

「照れてなんかいないっ」

「嘘だね。照れてるじゃない。でも、そういうところも拓朗だなぁって思うんだよね」

そう言った伊知也は拓朗の首に両手を回し、自分の体に引き寄せると耳元で囁《ささや》いた。

「俺の恋人は本当にカッコイイなって思ってたの。惚《ほ》れて正解だってね」

そんなことを甘い声で囁かれたら、体中に血が一気に巡って目が覚めるどころの騒ぎじゃなくなる。伊知也のほうはシャワーで目を覚ましてきたのに、興奮がじょじょにおさまって少しずつ眠気が押し寄せてきているらしい。

大きな欠伸《あくび》を一つ漏らすが、今は寝かしてやるわけにはいかない。そもそも、寝込みを襲ったのは伊知也のほうだ。この責任はきっちりとってもらわなければ困る。

「悪いけど、一時間早く起こされたかぎりはこの時間を有効に使わせてもらうぞ」

「お手柔らかにぃ～」

そんなわけにいくものかと、伊知也の部屋着をあっという間に剝《は》ぎ取ってやる。普段から部屋にこもりっぱなしの仕事なので、日に当たる機会が少なく肌は驚くほど白い。

そんな真っ白な体の中心では、少し茶色がかった黒い陰毛の間からすでに見慣れた愛しいものが半分勃起した状態でもの欲しそうに揺れている。

この奥にはもっといやらしげに息づいている窄《すぼ》まりがある。潤滑剤をたっぷりつけた指でそこをいじってやると、どんなに眠かろうが甘い嬌声《きょうせい》を上げるのだ。

「ああ……っ、うぁ……っ、んく……っ」

案の定、抜き差しする指の動きに合わせて腰が揺れる。その淫《みだ》らな姿があまりにも扇情的で、少しくらいの寝不足など簡単に吹っ飛んでしまう。これ以上のアラームなどあるわけがない。もはや拓朗にとって最強のアラームといっていいだろう。

「あう、いいっ、いい……っ。後ろ、入れてっ。拓朗、後ろに……っ」

本当なら少しくらい焦《じ》らして苛《いじ》めてやりたいところだが、朝のかぎられた時間だからそういうわけにもいかない。だが、何もかも伊知也の思いのままにしてやるのも少々癪《しゃく》に障る。

「わかった。入れるから、両膝《りょうひざ》の裏に手を回して抱え上げてみなよ」

それがどれだけ恥ずかしい格好かわかっている。男同士の場合、セックスも案外あけっぴろげなものだが、伊知也は同性と肉体関係を持ったのはわりと遅いほうだ。拓朗の他には初めての相手であり、同性とのセックスを一から教えてくれた只沼としか経験がない。

高校の頃からあれほど同性にもてていたのに、本人は拓朗にほのかな恋心を抱《いだ》いていただけで、恋愛ごとにはかなり無頓着《むとんちゃく》な人間だったらしい。

「ええーっ、それって、恥ずかしいよぉ」

案の定、照れてグズグズと身を捩《よじ》る。けれど、セックスで遠慮してやるほど紳士ではない。拓朗にしてみれば、高校で伊知也と出会ったその日から自分がゲイだと自覚させられたうえ、絶対にこの恋は実らないと諦《あきら》めて十年もの月日を悶々《もんもん》と過ごしたのだ。伊知也も自分を好きだとわかった今は、この十年の思いを存分にぶつけずにはいられない。

「恥ずかしがるからやらせているんだよ。それとも、もっと恥ずかしい格好をさせてやろうか？」

ニヤニヤと笑いながら言うと、伊知也は恨めしそうな顔でこちらを睨《にら》む。その一生懸命に作っている険悪な目つきまでが愛らしい。

「やっぱり、ムッツリスケベなんだから……」

ボソリと伊知也が呟いた。だが、それを聞き逃す拓朗じゃない。

「ああ、そうだよ。ムッツリで、悪いか？　だけど、伊知也は淫乱《いんらん》だよな？」

「淫乱じゃないっ。ちょっと感じやすいだけだからっ」

「そういう感じやすい奴を、世間では『淫乱』って言うんだよ」

拓朗の言葉に伊知也が唇を尖《とが》らせて反論しようとする。だが、もうそんな言葉を聞いているより、さっさと体にそうだとわからせてやるほうがてっとり早い。

「ほら、足を上げろよ」

しぶしぶ膝裏に手をかけている伊知也だが、結局辛抱ができないのは拓朗のほうだった。伊知也の手に自分の手を添えて、彼の膝裏をぐっと持ち上げると後ろの窄まりが目の前に晒《さら》される。

「あ……っ」

伊知也がちょっと焦ったような声を漏らすが、聞こえないふりをしてそこに顔を埋めた。

「ひぃーっ。な、何やってんのっ。そんなこと……っ」

前はいつも嘗めてやって、ときには伊知也が吐き出したものも飲み下してやる。だが、後ろの窄まりを嘗められたのは初めてなのか、伊知也がひどく焦って空に浮いた膝下をバタつかせる。あまりにも派手に暴れるので、鬱陶しくなった拓朗がつい怒鳴ってしまった。

「おい、こらっ。おとなしくしてろっ。でないと、縛るぞっ」

その一言に伊知也の動きがピタリと止まった。そして、泣きそうな声で言った。

「嘘……っ。縛るの？」

「あっ、いや、嘘だけど……」

そんなに驚かれるとは思わず、慌てて拓朗も答える。

「でも、ちょっと大人しくしてろよな」

途端に弱気になって言うと、伊知也のほうも急に大人しくなって足をじっと緊張させたまま、自分の両手で膝裏を持ち上げている。

なんか言葉で脅してしまったようで可哀想《かわいそう》だったが、いつもとは違う感じで従順な伊知也というのもなんだか妙に心が擽《くすぐ》られる。

「あの、大丈夫だからな。後ろもちょっと嘗めて、入れやすくしておくだけだから」

「う、うん……。わかった……」

すっかり殊勝になった伊知也を見ていると、拓朗まで腰砕けのように甘くなってしまう。もともと惚れて惚れて、どうしようもなく好きな相手だったのだ。無理や無体など強いられるわけもない。そして、つき合ってほしいと申し込んだとき、拓朗は伊知也に誓ったのだ。

『恋人になってくれたら、誰よりも大切にする。どんなときもうんと優しくするって誓うよ』

その言葉に嘘はない。誰よりも大切にして、うんと優しくしてやりたい。それが拓朗にとっての伊知也という存在だ。

ちょっと怯《おび》えたように自分で膝裏を抱える伊知也の窄まりにそっと舌を這わせ、ボディソープの香りがするそこを嘗めてやる。ビクビクと蠢《うごめ》く様子がたまらない。朝っぱらから体中の血が逆流しそうなほど興奮している。

「あっ、ああ……っ、んんぁ……っ」

舌の刺激に伊知也が声を上げて、その反応に拓朗自身ももうどうしようもないほどに硬く勃起していた。正直、出勤時間などどうでもよくなってしまう。フレックスで一時間遅れても、覚えているかぎり今日の予定に問題はなかったはず。

それでも、もう我慢できないのは拓朗も同じだった。素早くコンドームを被《かぶ》せると、伊知也のそこに先端を押し当てる。

「あっ、入れる？　入れてくれるの？」

そういうもの欲しげな言葉がいちいち拓朗を煽《あお》るのだが、本人はあまり自覚がないのだろう。体はどこまでも淫らなのに、心はしばしば驚かされるほどウブなのが伊知也だった。

「ああ、入れるから、力を抜いていろよ。大丈夫。充分に慣らしたし、痛くないからな」

コクコクと頷く仕草が妙に可愛らしい。こんな愛らしい存在が自分のものだと思うと、この世で怖いものなどなくなってしまいそうだった。

「ああーっ、拓朗っ、拓朗……っ」

拓朗が伊知也の中へ入ると、甘い悲鳴が上がる。何度も頭を左右に振りながらも、自分で腰を押しつけてくる。この淫らさがたまらない。

「伊知也っ、伊知也……っ」

彼の前を片手で握り、一緒のタイミングで果てるようにコントロールしてやる。伊知也はその都度喘《あえ》いだり、泣いたりしてどこまでも可愛かった。

「おい、そろそろいくぞ」

「う、うん。も、もう、俺も限界……っ」

ブラインドの隙間から朝日が差し込む部屋で、二人はこれ以上ないほど体を密着させてその瞬間を迎える。それはもうこの世にいて、天国を味わっているような気分だった。

ぐったりと両足をシーツに落とす伊知也。荒い息を拓朗とともに整えていたかと思ったが、そのうちスゥスゥと穏やかな呼吸になっていた。

「伊知也……？」

拓朗もまた伊知也の胸に倒れ込む格好のまま肩で息をしていたが、体を起こしてみればそこには失神したかのように目を閉じている恋人の姿があった。

一瞬、本当に気を失ったかと思ったが、伊知也の鼻と口に耳を近づけてみれば規則正しい寝息を立てている。どうやら限界がきて、果てるとともに眠りに落ちたらしい。

そして、時計を見ればいつもアラームをセットしている時間。「あっ」と思った瞬間、ピピッと聞き慣れた電子音が流れて、慌てて時計に手を伸ばしアラームのスイッチを切る。

「うう……んっ」

伊知也は今の音にわずかに反応したものの、汚れた体のままぐったりと眠り続けている。徹夜明けに夜這いにきてくれた愛しい恋人は、このままそっとここに寝かせておこう。拓朗はバスルームに行って濡《ぬ》れタオルを持ってくると、伊知也の股間をきれいにしてやってからその額にキスをする。

もう一日の始まりが楽しすぎて、天に向かって大きな笑い声を上げたい気分だった。

◆◆

「やれることを恐れずにやれ。おまえはやれる男だ。よしっ！」

バスルームの鏡に向かって自分自身に発破をかける。これはいつもの儀式であり習慣だ。こうやって己自身に強い自己暗示をかける。挫《くじ》けそうになる気持ちを追い払うための「まじない」といってもいいだろう。

そして、自分の部屋のウォークインクローゼットの中から今日のシャツとスーツを取り出して、身繕いをする。今日も一日戦って、しっかり勝利をおさめてまたこの部屋に戻ってくるつもりだ。

拓朗はスーツのジャケットを羽織ると、ベッドのそばまで行って自分の部屋でどこまでも無防備に眠っている伊知也の顔を見る。

忙しければ同じ部屋で暮らしていながら、ろくに顔を合わさないときもある。けれど、そんなことはなんでもない。拓朗は必ずこの部屋に戻ってくるし、伊知也もまた必ずここにいて拓朗を待っていてくれる。

ずっと一緒にいたいから、お互いに無理はしない。それでも、誰よりも相手のことを一番に考えているのは間違いない。それさえわかっていれば、何も不安に思うことはないのだ。

拓朗は眠る伊知也の髪を撫でて、その額に唇を寄せる。近頃は伊知也が用意してくれる朝食を食べてから出勤することもあったが、今日は久しぶりに行きつけのカフェでマフィンを買っていこうと思っていた。

部屋を出る前に、ふと自分のデスクの上に放り出してあった雑誌が目に入った。それは一年ほど前、伊知也がウェブデザイナーとして独り立ちしたとき、取材を受けてその記事が掲載されている雑誌だった。今でも記念に取ってあって、ときおりあの当時を思い出してページをめくる。

そういえば、実家の母親もこの雑誌を持っていた。近所の本屋で息子の拓朗が載っている雑誌を買ったら、創刊されたばかりの伊知也が載っている雑誌を勧められ、半額につられて購入したと言っていた。

そして、自分の生活には無縁の雑誌を律儀にも開き、そこで伊知也の写真を見つけて「アイドルみたい」などと年甲斐《としがい》もなくはしゃいでいた。

今でも一ヶ月に一、二度は実家に帰って両親の様子を見ている。二人とも相変わらず元気だし、工場では梅原《うめはら》も変わりなく金型造りの技術を若い連中に教え込んでいる。

そのとき、拓朗はふと母親の言葉を思い出す。

『本当にね、どんな人でもいいのよ。拓朗も一緒にいて幸せになれる人なら、それでいいんだからね』

拓朗が一緒にいて幸せになれるのは、間違いなく伊知也だ。彼以外の存在は考えられない。だったら、もう両親にも正直になってしまおうか。ふとそんなことを考えた。

親にはまだ自分がゲイだと打ち明けてはいない。母親はともかく、父親がそれを聞けば真っ赤になって怒鳴り散らすか、真っ青になって寝込むかのどちらかだろう。

孫を抱かせてやれないのは申し訳ないが、これぱっかりはどうしようもない。あるいは、伊知也と相談をして養子をもらうこともできるが、これもまた両親を説得するには根気がいるだろう。

いろいろと頭を悩ませるところだが、それでも拓朗は伊知也の寝顔を振り返って見て思う。

両親を事故で亡くした彼は、もはやそんなことを悩む必要もない。それが、どれほど寂しく悲しいことか、きっと両親を亡くした者にしか理解できないのだ。

少しばかり面倒で厄介《やっかい》な親でも生きて小言を言ってくれるだけでどんなに有難いか、拓朗は伊知也と一緒に暮らすようになってから以前以上に身に染みて考えるようになっていた。

雑誌をデスクに戻した拓朗が、もう一度ベッドのそばまできて伊知也の寝顔を見下ろした。

「なぁ、伊知也、今週末一緒に実家に行こうか？　両親に伊知也を紹介したいんだ」

なんて紹介するかはまだわからない。いきなり恋人と言うのは難しいかもしれない。それは自分の保身ではなく、両親の心臓を気遣ってのことだ。二人揃《そろ》って居間で仰《あお》向《む》けに倒れられたら、本当に救急車を呼ぶ羽目になる。

それなら、友達として連れて行き、じょじょに伊知也の存在に慣れてもらうのがいいかもしれないと思ったのだ。もとより人好きのする伊知也は、年配者の扱いが妙にうまい。きっと単純な拓朗の両親なら、あっという間に伊知也の人懐っこい笑顔の虜《とりこ》になるだろう。

そうなってからまずは母親に真実を告げて、あとはなし崩しに父親にばれたらばれたときで二人の関係を認めさせればいい。いささか乱暴で楽観的な計画だが、これはビジネスではないのだから少しばかり計算が狂ったところでどうってことはない。最終的には拓朗がすべてを背負えばいいだけのことだ。

とっくにその覚悟ができている拓朗は、むき出しになった伊知也の肩にブランケットをかけてやり、小さな声で「おやすみ」と呟いた。

そろそろ出勤しないと、マフィンを買いに立ち寄る時間がなくなる。拓朗がきびすを返してもう一度部屋のドアに向かおうとしたときだった。背後からいきなりスーツの裾《すそ》を引っ張られる。驚いて振り返ると、眠ったままの伊知也が片手を伸ばして拓朗のスーツをつかんでいた。

まだ起きていたのだろうか。あるいは、寝ぼけているだけだろうか。拓朗が伊知也の手をつかんで自分のスーツの裾から引き離し、そっとベッドに戻してやる。

そのときだった。伊知也がしっかり目を閉じたまま呟くように言った。

「いいよ。週末には一緒に行こう」

「え……っ？」

さっきの拓朗の誘いに対する答えだろうか。一瞬首を傾《かし》げるが、それ以外には思いつかない。やっぱり起きているのかと思ったが、伊知也は静かに寝息を立てているばかり。

本当に不思議な存在だ。きれいではかなげで守ってやりたいと思う。その反面、彼の気持ちの強さにたびたび心の姿勢を正される。

「ありがとう、伊知也……」

眠っている伊知也にそう言うと、拓朗は今度こそ出勤のために部屋を出る。慌しい一日の始まりだ。でも、どんなに忙しくて、どんなに心が打ちのめされることがあっても、ここへ戻ってくれば伊知也がいる。

愛する人と一緒に暮らしていることの意味は、きっとこうして支え合うため。でも、もちろんそれだけじゃない。愛し合うため、与え合うため、信じ合うため、許し合うためでもあるかもしれない。

一日の始まりがこんなにも満たされている。幸せが体と心に満ちて、今にも溢《あふ》れ出しそうだった。

でも、まだ同棲して一ヶ月。これからの二人の人生を思い、拓朗はこの宝物のような生活をうんと大切にしようと心に誓うのだった。

あとがき

今回は十年越しの初恋の物語をお送りいたします。初恋の相手に再会してみれば、昔の甘酸っぱい思いに火がついて、夜毎せつなさに身悶える二人です。

イラストはサマミヤアカザ先生に描いていただきました。歳を重ねても色っぽくて可愛い伊知也と、ガリ勉くんからお洒落な若社長になった拓朗。どちらもイメージどおりでステキです。細かいところまで絵に反映していただいて、本当にありがとうございました。

そして、小川的には一人になってしまった只沼さんの愛人に立候補して、世界中のステキなレストランや劇場やパーティー会場へとエスコートしてもらいたいです。

ワードローブの前で「着ていくお洋服がないわ」と呟けば、高級ブティックへ直行して上から下まで揃えてもらい、美容院で髪も整えてもらうというフルコースでお願いします。

などと寝ぼけた夢はさておき、今年は身の周りに心が痛む出来事などもあり、振り返ってみれば慌しい一年でした。それでも、秋の訪れとともに心穏やかな日々が戻ってきて、毎日仕事をして過ごせる当たり前の日常を有り難く嚙み締めています。

そして、すっかり秋らしくなったところで、気分を新たにしようとワードローブと下駄箱の断捨離を行い、新しいものをいくつか買い揃えてみました。

毎シーズン、世間とはかけ離れた自分の中の流行色があるのですが、今年はなぜかオレンジとレッド。気がつけば、暖色系のアイテムがずいぶんと増えてしまいました。

ネイビーやグレイが中心のワードローブに紅葉の色合いが交じって、なんだかいい感じになっていますよ。ブーツは歩きやすさを重視して少し奮発。この秋冬の身づくろいは完璧となりました。あとはお出かけのための時間を捻出するだけです。

サクサク仕事をこなせば、その分だけゆっくりお出かけできるはず。すべては自分次第だ。頑張れ、自分。やれるさ、自分。

ワードローブの整理とともに、ベランダの花たちも一斉に植え替えました。仕事机からよく見える場所には気に入った緑と花ばかりで作った寄せ植えの鉢を置いたので、毎日心癒されながらパソコンに向かっています。

一年を締め括るにはまだ少し早いのですが、今年もほぼ滞りなく仕事ができました。サポートしてくださった方々と、小川の本を手に取ってくださった読者の皆様には心から感謝、また感謝です。

そして、来年もまたルチル文庫さんで、お会いできますように。それまで、どうかお元気にお過ごしください。

二〇一二年　十月末日

小川いら

✦初出　十年初恋……………書き下ろし
同棲一月……………書き下ろし

小川いら先生、サマミヤアカザ先生へのお便り、本作品に関するご意見、ご感想などは
〒151-0051 東京都渋谷区千駄ヶ谷 4-9-7
幻冬舎コミックス　ルチル文庫「十年初恋」係まで。

幻冬舎ルチル文庫

十年初恋

2012年11月20日　第1刷発行

✦著者	小川いら　おがわ いら
✦発行人	伊藤嘉彦
✦発行元	株式会社 幻冬舎コミックス 〒151-0051 東京都渋谷区千駄ヶ谷 4-9-7 電話 03(5411)6432［編集］
✦発売元	株式会社 幻冬舎 〒151-0051 東京都渋谷区千駄ヶ谷 4-9-7 電話 03(5411)6222［営業］ 振替 00120-8-767643
✦印刷・製本所	中央精版印刷株式会社

✦検印廃止

ISBN978-4-344-82671-7　C0193　Printed in Japan